HISTÓRIAS DE TIRAR O SONO

REGINA DRUMMOND · TACIANA OTTOWITZ
Tradução e adaptação

HISTÓRIAS DE TIRAR O SONO

· Alexandre Dumas · Anton Tchekhov · Arthur Conan Doyle ·
· Charlotte Riddell · Edgar Allan Poe · Edith Nesbit ·
· Guy de Maupassant · Horacio Quiroga · Nathaniel Hawthorne ·
· E. T. A. Hoffmann · Francis Marion Crawford · Lafcadio Hearn · Saki ·

Anthony Mazza
Ilustrações

PANDA BOOKS

tradução e adaptação © Regina Drummond e Taciana Ottowitz
ilustração © Anthony Mazza

Diretor editorial
Marcelo Duarte

Projeto gráfico e diagramação
Camila Suzuki

Diretora comercial
Patth Pachas

Capa
Hellen Cristine Dias

Diretora de projetos especiais
Tatiana Fulas

Colaboração
Conrad Pichler

Coordenadora editorial
Vanessa Sayuri Sawada

Revisão
Andréa Vidal
Beatriz de Freitas Moreira

Assistentes editoriais
Camila Martins
Henrique Torres

Impressão
Loyola

CIP-BRASIL. CATALOGAÇÃO NA PUBLICAÇÃO
SINDICATO NACIONAL DOS EDITORES DE LIVROS, RJ

H58
    Histórias de tirar o sono/Alexandre Dumas... [et al.]; tradução e adaptação Regina Drummond, Taciana Ottowitz; ilustração Anthony Mazza. – 1. ed. – São Paulo: Panda Books, 2022. 192 pp.

ISBN: 978-85-7888-364-5

1. Ficção. 2. Literatura infantojuvenil. I. Dumas, Alexandre. II. Drummond, Regina. III. Ottowitz, Taciana. IV. Mazza, Anthony.

21-69159   CDD: 808.899282
                                          CDU: 82-93

Bibliotecária: Camila Donis Hartmann – CRB-7/6472

2022
Todos os direitos reservados à Panda Books.
Um selo da Editora Original Ltda.
Rua Henrique Schaumann, 286, cj. 41
05413-010 – São Paulo – SP
Tel./Fax: (11) 3088-8444
edoriginal@pandabooks.com.br
www.pandabooks.com.br
Visite nosso Facebook, Instagram e Twitter.

Nenhuma parte desta publicação poderá ser reproduzida por qualquer meio ou forma sem a prévia autorização da Editora Original Ltda. A violação dos direitos autorais é crime estabelecido na Lei nº 9.610/98 e punido pelo artigo 184 do Código Penal.

Ter comadres e compadres é criar laços mágicos, que amarram nossas vidas umas às outras para sempre.

Ofereço este livro à Comadre Beatriz e ao Compadre André, celebrando nossas Bodas de Ouro de amizade.

Regina Drummond

Ofereço este livro à Comadre Luzia, celebrando nossas Bodas de Prata de amizade.

Taciana Ottowitz

Sumário

Apresentação 9

O TRAVESSEIRO DE PENAS 11
Horacio Quiroga

DORMIR, DORMIR 19
Anton Tchekhov

O GATO DO BRASIL 29
Arthur Conan Doyle

O RETRATO OVAL 50
Edgar Allan Poe

A MARCA DE NASCENÇA 57
Nathaniel Hawthorne

SOLANGE 66
Alexandre Dumas

A CASA VELHA DA ALAMEDA VAUXHALL 81
Charlotte Riddell

O CARRO VIOLETA 96
Edith Nesbit

UM FANTASMA 112
Guy de Maupassant

A SENHORITA DE SCUDERI 122
E. T. A. Hoffmann

O BELICHE SUPERIOR 150
Francis Marion Crawford

UMA PROMESSA QUEBRADA 172
Lafcadio Hearn

SREDNI VASHTAR 182
Saki

Apresentação

Você tem medo de quê? O que tira o seu sono? Se, depois de certa idade, a gente passa a não ter mais medo de monstros, de fantasmas, de criaturas das sombras, porque são criaturas inventadas, que não podem existir no mundo real, basta uma noite escura, um cômodo vazio e sombrio ou um ruído inexplicável, e pouco a pouco descobrimos que nossa mente é capaz de nos pregar peças, e isso dá medo, muito medo.

Esse é um dos motivos que tornam os contos fantásticos e de terror ainda tão relevantes no nosso dia a dia. Outro motivo é que a gente se reconhece nos personagens e narradores dessas histórias. Às vezes eles são indecisos, misteriosos, medrosos, bobos e até um pouco "fora da casinha". Mas, como diz o cantor Caetano Veloso, "de perto, ninguém é normal".

Antes de tudo, quando a gente lê um conto, assiste a um filme, uma série, lê quadrinhos fantásticos ou de terror, se arrepia e se assusta – e fica uma ou várias noites sem dormir – reconhecemos que ainda não estamos totalmente resolvidos com algumas coisas, dentro (e fora) da gente, porque gostamos de buscar em nós mesmos o que vemos nesses contos, refletimos um pouco sobre como lidamos com o inesperado, com o impossível, com a indecisão e, claro, sobre como lidamos com as outras pessoas. "O inferno são os outros", como dizia um filósofo existencialista, ou apenas vemos o estranho, o grotesco, o feio nos outros, esquecendo que a gente não é tão certinho, angelical ou sublime assim?

Nesta coletânea, propositadamente com treze contos, você vai ler histórias de assassinatos misteriosos, de acontecimentos bizarros, de gente que se perde nos próprios pensamentos (e pesadelos!), de fantasmas que voltam dos túmulos, de gente que acredita ser capaz de fazer qualquer coisa que deseja, gente obsessiva pela beleza (e pela perfeição)... tudo isso contado por alguns narradores que são até gente boa, mas nem sempre muito confiáveis.

Ah!, um ponto importante: nessas treze histórias você vai ficar com muitas dúvidas – e eu diria que o conto fantástico foi feito para isso mesmo, fazer a gente duvidar –, porque não dá para confiar em todo mundo, mesmo quando as pessoas sabem muito bem argumentar e juram, de pés juntos, que todas as aventuras sinistras que elas viveram são a mais pura verdade! Será?

Outra coisa importante: essa coletânea traz textos bastante diversificados, com histórias do insólito, do estranho, do fantástico e de terror, escritos por grandes autores da literatura estrangeira. Você pode não escolher se vai duvidar antes ou depois de ler um conto ou ficar com medo antes ou depois de conhecer alguma história, mas pode escolher – para começar – o conto que vai fazer você querer ler o seguinte e depois o seguinte...

Boa leitura!

O TRAVESSEIRO
DE PENAS

Horacio Quiroga

A lua de mel da jovem foi um grande calafrio. Ela, loira, angelical e tímida; seu marido, de caráter duro, gelou os seus sonhos de noiva. Mesmo assim, ela gostava muito dele. Quando, às vezes, os dois voltavam juntos pelas ruas, ela estremecia de leve, ao olhar furtivamente a elevada estatura de Jordan, que caminhava sempre mudo ao seu lado. Ele, por sua vez, amava-a profundamente, mas não demonstrava esse amor.

Durante três meses – haviam se casado em abril – viveram uma felicidade especial. Ela teria desejado, sem dúvida, menos severidade naquele rígido céu de amor, uma ternura mais solta, porém a fisionomia impassível do marido sempre a continha.

A casa onde moravam também influenciava a recém--casada. O pátio, com frisos, colunas e estátuas de mármore, era branco e silencioso, dando a impressão de um palácio encantado. Na parte de dentro, o brilho glacial do reboco, sem o mais leve arranhão nas paredes altas, acentuava aquela sensação de frio desagradável. Seus passos ecoavam por toda a casa, quando ela ia de um cômodo ao outro.

Alícia passou todo o outono nesse estranho ninho de amor. Tinha decidido jogar um véu sobre os seus sonhos antigos e vivia adormecida na casa hostil, sem querer pensar em nada até o momento em que seu marido voltasse.

Como era de se esperar, emagreceu. Teve um leve ataque de gripe, que se arrastou por dias e dias, sem que ela se recuperasse. Uma tarde, pôde finalmente ir até o jardim, apoiada no braço do marido. Olhava de um lado para o outro, indiferente. Jordan acariciou os cabelos dela, com uma profunda ternura, e ela irrompeu em soluços, abraçando-o. Chorou por muito tempo todo o seu calado espanto, e redobrava o pranto a cada nova tentativa de carícia. Aos poucos, seus soluços foram se amenizando, mas ela ainda ficou um longo tempo escondida no peito dele, sem se mover ou dizer uma só palavra.

Essa foi a última vez que Alícia se levantou da cama. No dia seguinte, já amanheceu murcha. O médico examinou-a com atenção, recomendando muita calma e repouso absoluto.

– Não sei – disse ele a Jordan, em voz baixa, já na porta da rua. – Ela está muito fraca. Não entendo o motivo, já que não tem vômitos nem nada... Se amanhã ela não melhorar, me chame imediatamente.

No outro dia, Alícia piorou. O médico percebeu nela uma anemia aguda, totalmente sem explicação. A jovem não desmaiou mais, mas estava visivelmente à beira da morte. O quarto ficava o dia inteiro com as luzes acesas e em completo silêncio. Passavam-se horas sem que se escutasse o menor ruído. Alícia cochilava. Jordan passou a morar na sala, também com as luzes acesas. Caminhava, sem cessar, de um lado a outro. O tapete afogava seus passos. De quando em quando, entrava no quarto e continuava seu mudo vaivém em volta da cama, olhando a esposa toda vez que caminhava na direção dela.

Alícia começou a ter alucinações. A princípio, eram confusas e flutuantes, mas logo desceram ao nível do chão. Com os olhos arregalados, ela somente olhava o tapete de um e outro lado da cama. Uma noite, de repente, encarou-o fixamente por um instante, abriu a boca para gritar e seus lábios e narinas se encheram de suor.

– Jordan, Jordan! – chamou, cheia de medo, sem tirar os olhos do tapete.

Ele correu até o quarto. Ao vê-lo, a doente soltou um grito de pavor.

– Sou eu, Alícia, sou eu!

Alícia o viu pelo canto do olho, voltou a olhar para o tapete, depois de novo para o marido e, após um bom tempo de assombrada confrontação, acalmou-se. Sorriu e tomou a mão de Jordan entre as suas mãos trêmulas, acariciando-a.

Uma de suas mais insistentes alucinações era a de um macaco com os dedos apoiados no tapete e os olhos fixos nela.

Os médicos voltaram, inutilmente. Diante deles, uma vida se acabava a cada dia, a cada hora, sem que entendessem como. Na última consulta, Alícia jazia, sem vontade, enquanto eles mediam sua pulsação, passando de um a outro seu pulso inerte. Observaram-na em silêncio por um longo tempo e foram para a sala de jantar.

– O caso é sério – disse o médico, desanimado. – Já não há mais o que fazer...

– Era só o que me faltava! – exclamou Jordan. E bateu bruscamente na mesa com o punho fechado.

No seu delírio de anemia, Alícia foi se extinguindo. A doença não piorava durante o dia, mas a jovem amanhecia mais pálida a cada nova manhã. Parecia que, somente à noite, a vida a abandonava, em novos jatos de sangue. Ao despertar, ela tinha sempre a sensação de estar esparramada na cama, coberta por um milhão de quilos, sentimento que não mais a abandonou a partir do terceiro dia. Conseguia apenas mexer a cabeça. Não deixou que a tocassem na cama, nem que arrumassem o travesseiro. Seus temores de final do dia avançavam na forma de monstros que se arrastavam até a cama e subiam penosamente pela colcha.

Depois, perdeu a consciência. Nos dois últimos dias, delirou sem cessar à meia-voz. As luzes continuaram acesas no quarto e na sala. Em meio ao silêncio cheio de agonia que se espalhava pela casa, não se ouvia mais do que o delírio monótono que vinha da cama e o rumor abafado dos eternos passos de Jordan.

Por fim, Alícia morreu. Quando a empregada, já sozinha, entrou para desfazer a cama, olhou espantada para o travesseiro.

– Senhor Jordan! – chamou baixinho. – Parece que há sangue aqui.

Jordan se aproximou rapidamente e se inclinou para ver. Realmente, sobre a fronha, dos dois lados do lugar onde Alicia havia deitado a cabeça, viam-se algumas manchinhas escuras.

– Parecem picadas de inseto – murmurou a empregada, depois de um momento de imóvel observação.

– Levante-o na luz – pediu Jordan.

Ela obedeceu, mas em seguida o derrubou no chão. Ficou olhando para o travesseiro, tremendo, muito pálida.

Sem saber por quê, Jordan sentiu seus pelos se arrepiarem. Com a voz rouca, perguntou:

– O que foi?

– Está muito pesado – respondeu a empregada, ainda tremendo.

Jordan o pegou. Era verdade.

Sobre a mesa da sala de jantar, o homem cortou a fronha e o travesseiro de um talho só. As penas superiores voaram e a empregada deu um grito de horror com a boca escancarada, levantando para os lados as mãos crispadas: no fundo, por entre as penas, havia um animal monstruoso, uma bola viva e viscosa, movendo lentamente as patas peludas. Estava tão inchado que mal se via sua boca.

Noite após noite, desde que Alícia havia caído de cama, ele tinha colado em segredo sua boca – ou melhor, a tromba – às têmporas dela, chupando seu sangue. A picada era quase imperceptível. A remoção diária do travesseiro, no início, havia, sem dúvida, impedido seu desenvolvimento, mas desde que a jovem não pudera mais se mexer, a sucção passou a ser vertiginosa. Ele havia esvaziado Alicia em cinco dias e cinco noites.

Esses parasitas de aves, pequenos no seu meio habitual, chegam a ficar enormes, em certas condições. O sangue humano parece ser particularmente favorável a eles e é comum encontrá-los nos travesseiros de penas.

Horacio Quiroga

O uruguaio Horacio Quiroga (1878-1937) teve uma vida marcada por mortes violentas de pessoas próximas, retratando muitos desses dramas em suas obras. Influenciado por autores como Edgar Allan Poe, Anton Tchekhov e Guy de Maupassant, escreveu textos em que o fantástico invade a aparente normalidade da vida. Além de ficção, publicou crítica literária e relatos de viagem.

DORMIR, DORMIR
Anton Tchekhov

É noite. A babá embala o bebê, murmurando uma cantiga de ninar. Seu nome é Varka e ela vai fazer treze anos.

Uma lamparina verde arde em frente a uma imagem. Na corda que atravessa o cômodo abafado estão dependuradas várias fraldas e um enorme par de calças escuras. A lamparina projeta uma mancha verde no teto, enquanto as roupas lançam sombras compridas sobre o fogão, o berço e também sobre Varka. Quando a luz treme, a mancha verde e as sombras ganham vida e movimento, como se uma brisa as balançasse. Um cheiro de sopa de repolho empesteia o ar, mesclado com o do couro das botas.

O bebê chora. Ele já está exausto e rouco de tanto chorar, mas, mesmo assim, continua. É impossível adivinhar quando vai sossegar, e Varka quer tanto dormir... Seus olhos se fecham sozinhos, a cabeça cai para a frente e o pescoço dói. Mal consegue mexer as pálpebras e os lábios. Tem a impressão de que seu rosto secou e sua cabeça diminuiu tanto que ficou pequena como a de um alfinete.

— Dorme, nenê... — implora ela, baixinho.

Um grilo estrila atrás do fogão. Os roncos do sapateiro no quarto ao lado se confundem com o ressonar tranquilo do ajudante Afanássi, enquanto o berço range alto e Varka murmura sua cantiga. Esses sons, quando misturados à música sonolenta do silêncio da noite, são bons de escutar quando se

Anton Tchekhov

está deitado na cama. Mas agora eles se tornaram irritantes e opressivos, porque Varka não pode dormir. Se isso acontecer – Deus a livre! –, os patrões a espancarão sem dó.

A lamparina pisca. A mancha verde e as sombras se movem, entrando pelas frestas dos olhos imóveis de Varka e formando sonhos nebulosos no seu cérebro quase adormecido. Ela vê nuvens cinzentas perseguindo outras nuvens cinzentas e gritando como o bebê. Um vento sopra, as nuvens desaparecem e Varka vê uma estrada larga coberta de lama. Nela passam carroças e pessoas carregando trouxas às costas. Sombras estranhas vão e vêm. De ambos os lados, é possível perceber o bosque através do nevoeiro frio. De repente, pessoas, trouxas e sombras caem no lamaçal. "Para que isso?", pergunta Varka. "Dormir, dormir", elas respondem. E adormecem imediatamente. Sentados no fio do telégrafo, corvos e gralhas gritam como a criança, tentando acordar a multidão.

– Dorme, nenê... – implora Varka.

Ela se vê agora num casebre escuro e abafado. No chão, Yefim Stepanov, seu pai morto, se debate. Ela não o vê, mas ouve seus movimentos e gemidos. Ele diz que sua hérnia arrebentou. A dor é tanta que ele não consegue mais falar, só respira fundo e bate os dentes como um tambor:

– Bum, bum, bum...

A mãe, Pielagueia, correra até a casa grande para avisar aos patrões que Yefim estava morrendo. Já devia ter voltado. Varka está deitada no catre perto do fogão e escuta os "bum, bum, bum" do pai. Pouco depois, ela ouve o barulho de uma carruagem em frente à cabana. É um jovem doutor da cidade, hóspede dos patrões, que eles enviaram para atender o pai. Não é possível vê-lo na escuridão, mas ouve-se que tosse e faz barulho com a fechadura.

— Acendam uma luz — ele pede.

— Bum, bum, bum — Yefim responde.

Pielagueia corre para o fogão e começa a procurar os fósforos, mas é o médico quem encontra um no próprio bolso e o acende.

Pielagueia sai correndo e diz:

— Um instante, paizinho...

Logo volta com um pedaço de vela.

As bochechas de Yefim estão coradas. Seus olhos brilham. Seu olhar é tão penetrante que parece atravessar o médico e a cabana.

— Então, o que aconteceu? — começou o doutor, inclinando-se até ele. — Já faz tempo que está assim?

— Minha hora chegou... Vou deixar o mundo dos vivos.

— Besteira. Vamos curá-lo.

— Faça como quiser, senhor. Agradeço imensamente, mas eu sei... Quando a morte chega... É o fim.

Durante uns quinze minutos, o médico cuida do doente. Depois, levanta-se e diz:

— Não posso fazer mais nada. Você tem de ir a um hospital para ser operado. Imediatamente! Agora já é tarde, todos devem estar dormindo por lá, mas não tem importância, escreverei um bilhete... Você está me escutando?

– Mas como ele irá, paizinho? – Pielagueia pergunta. – Não temos cavalos.

– Pedirei ao seu patrão que mande um.

O médico vai embora, a luz se apaga e outra vez o "bum, bum, bum" soa alto e forte. Depois de meia hora, chega a carroça que o patrão enviara à cabana, para levar Yefim ao hospital. Ele se apronta e vai...

A manhã nasce clara e luminosa. Pielagueia vai buscar notícias do marido. Uma criança chora em algum lugar distante e Varka escuta alguém pedindo com a sua própria voz:

– Dorme, nenê...

Quando volta, a mulher faz o sinal da cruz e murmura:

– Ele foi operado, mas entregou a alma a Deus; que possa obter a paz eterna. Disseram que ele foi levado tarde demais, teria de ter sido antes.

Varka vai para o bosque e chora. De repente, sente uma pancada tão forte na nuca que a testa bate numa árvore. Ela abre os olhos e vê o sapateiro.

– O que está fazendo, sua preguiçosa? A criança chora e você dorme!

Ele puxa a orelha dela com força. A dor faz com que ela sacuda a cabeça, balance o berço e murmure a canção.

A mancha verde e as sombras das roupas balançam para cima e para baixo, piscando para ela. Logo, dominam novamente o seu cérebro. Voltam a rua lamacenta, as pessoas com trouxas às costas e as sombras. Todos se deitam e dormem profundamente. Olhando-os, Varka fica com uma vontade louca de dormir, mas a mãe caminha ao seu lado e a apressa. Elas vão à cidade procurar emprego.

— Uma esmola, pelo amor de Deus! — implora a mãe aos passantes.

— Me dá a criança! — uma voz conhecida responde. — E a mesma voz repete, agora ríspida e dura: — Me dá a criança! Você está dormindo, infeliz?

Varka dá um salto, olha em volta e compreende o que está acontecendo: não há ruas, nem pessoas, menos ainda sua mãe. No meio do cômodo, a gorda mulher do sapateiro quer amamentar o filho. Varka fica ao lado dela, de pé, olhando. Espera até que termine. As sombras e as manchas verdes do teto empalidecem. É a manhã que vem chegando.

— Leve a criança! — ordena a mulher, abotoando a camisola. — Está chorando demais. Deve ser mau-olhado.

Varka deita o bebê no berço e recomeça a embalá-lo. A mancha verde e as sombras vão desaparecendo e já não há mais nada para deixar seu cérebro enevoado. Mas o sono não passa e a garota quer tanto dormir... Ela encosta a cabeça na borda do berço e o balança com todo o corpo, para espantar o sono. Mas seus olhos se fecham e a cabeça se torna cada vez mais pesada.

— Varka, acenda o forno! — do outro lado da porta, ouve-se a voz do seu patrão.

Isso significa que é hora de se levantar e começar a trabalhar. A garota larga o berço e vai buscar a lenha. Está contente. Indo e vindo, a vontade de dormir não é tão forte como quando está sentada. Ela traz a lenha, acende o fogo e sente que seu rosto se descontrai. Seus pensamentos se tornam mais claros.

– Varka, prepare o samovar! – grita a patroa.

Ela mal tem tempo de obedecer, já ouve uma nova ordem:

– Varka, limpe as galochas do patrão!

Sentada no chão, a garota pensa em como seria bom enfiar a cabeça dentro da galocha larga e funda e dormir um pouco ali dentro... De repente, a galocha cresce, incha e preenche todo o lugar. Varka derruba a escova, mas no mesmo instante sacode a cabeça, abre os olhos e tenta fazer um esforço para ver os objetos, que insistem em crescer e dançar diante dos seus olhos.

– Varka, vá lavar a escada! É uma vergonha que os fregueses vejam essa sujeira!

Varka lava a escada, arruma os quartos, acende o outro fogão e corre até a venda. Há muito trabalho a fazer e nenhum minuto para descansar.

Nada, no entanto, é mais difícil do que ficar de pé, parada, em frente à mesa da cozinha, descascando batatas. A cabeça pende na direção da mesa, as batatas saltam diante dos seus olhos, a faca cai da sua mão. Ao seu lado, a patroa arregaça as mangas nos braços gordos e fala tão alto que a voz ecoa dentro do ouvido da garota. Servir à mesa, lavar e passar também são outros tipos de tortura. Naquele momento, Varka só tem uma vontade: se esquecer de tudo, se jogar no chão e dormir.

O dia passa. Enquanto observa o final da tarde, Varka aperta a cabeça com as mãos e sorri, sem saber por quê.

A névoa acaricia seus olhos grudentos e lhe promete, para dali a pouco, um sono gostoso. Mas a noite traz visitas.

– Varka, prepare o samovar! – grita a patroa.

O samovar é pequeno e, antes que as visitas fiquem satisfeitas, ela tem de esquentá-lo pelo menos umas cinco vezes. Depois do chá, Varka tem de esperar uma hora inteira, plantada no mesmo lugar, olhando as visitas e esperando as ordens.

– Varka, compre algo para beber. Rápido!

Ela se levanta com um salto e corre o mais rápido que consegue, para espantar o sono.

– Varka, busque um pão. Onde está o saca-rolhas? Varka, limpe esse peixe...

Finalmente, as visitas vão embora. O fogo é apagado e os patrões vão dormir.

– Varka, embale o bebê!

Essa é a última ordem. Um grilo assobia no forno. A mancha verde e as sombras das roupas se arrastam de volta para os olhos quase fechados de Varka, piscando para ela e anestesiando seus sentidos.

– Dorme, nenê... – murmura a babá.

Mas a criança berra. Não pode mais, mas continua chorando. Varka vê novamente a rua lamacenta, as pessoas com as trouxas, Pielagueia, pai Yefim. Ela compreende tudo, reconhece todos, apenas não consegue entender, no seu estado sonolento, a força que prende suas mãos e seus pés, que a esmaga e asfixia, impedindo-a de viver. Olha ao redor e procura aquela força desconhecida, para se livrar dela, mas não a encontra. Por fim, morta de cansaço, concentra-se na mancha verde que treme e, prestando atenção aos gritos, encontra o inimigo que não a deixa viver.

O inimigo é a criança.

Ela ri, admirada: como não percebera algo tão simples? A mancha verde, as sombras e o grilo parecem rir também, surpresos.

Uma ideia maluca toma conta de Varka. Ela se levanta do banco e começa a passear pelo quarto, um sorriso largo na face, sem sequer piscar. Alegra-se com a ideia de que, dentro de alguns instantes, vai se livrar dessa criança que amarra seus pés e mãos. Matar o bebê e, depois, dormir, dormir, dormir...

Rindo e ameaçando a mancha verde com o dedo, Varka aproxima-se devagar do berço e se inclina sobre a criança.

Depois de estrangulá-la, deita-se rapidamente no chão, rindo de alegria. Finalmente, pode dormir.

No mesmo instante, adormece tão profundamente como se estivesse morta.

Anton Tchekhov

O escritor russo Anton Tchekhov (1860-1904) testemunhou um período de atrocidades e forte censura em seu país. Tornou-se um mestre das narrativas curtas, revelando de forma sutil as grandes tragédias, às vezes silenciosas, que se escondem por trás do cotidiano aparentemente banal de pessoas comuns.

O GATO DO BRASIL

Arthur Conan Doyle

É uma tragédia ser um jovem com gostos caros e gastos elevados, mas sem dinheiro nem profissão. O fato é que meu pai, um homem bom e de temperamento manso, tinha tanta confiança na riqueza e na generosidade do irmão mais velho, o solteirão lorde Southerton, que achava que eu, seu único filho, nunca precisaria ganhar o próprio sustento.

Infelizmente, meu pai morreu cedo demais para ver como os seus cálculos estavam errados. Nada além de um par de faisões ou algumas lebres enviadas pelo tio me lembravam de que eu era o herdeiro de uma das mais ricas propriedades do país. Nesse meio tempo, eu ia levando a minha boa vida, morando em Grosvenor Mansions sem maiores preocupações além de me divertir. Minhas dívidas, no entanto, se tornavam cada vez mais difíceis de saldar, e a minha ruína parecia mais e mais inevitável.

Servia para ressaltar a minha penúria o fato de que, além de lorde Southerton, todas as minhas relações também eram bem situadas. Meu parente mais próximo era Everard King, sobrinho do meu pai, homem que experimentara uma vida cheia de aventuras no Brasil e agora retornara à Inglaterra para se estabelecer em Greylands. Nunca se soube como ele ganhara tanto dinheiro, mas o fato é que comprou várias propriedades na região.

No primeiro ano de sua volta, ele, assim como meu tio, nem se importou comigo. Finalmente, numa manhã de verão, para minha grande surpresa e alegria, recebi uma carta dele, me convidando para ir visitá-lo. Se eu estreitasse relações com aquele parente desconhecido, pensei, talvez ele pudesse me ajudar, mesmo que fosse com a única função de preservar o nome da família. Animado, tomei o trem e segui para lá na mesma tarde.

Ninguém me esperava na estação deserta (descobri, depois, que meu telegrama atrasara), situada em meio a verdes campos ondulados, e tive de alugar uma charrete. O cocheiro, um sujeito amável, elogiou muito o meu parente, contando o quanto ele era estimado no lugar. Comentou também que meu primo tinha trazido vários pássaros e bichos, que pretendia criar na Inglaterra, e me mostrou um exótico espécime pousado numa árvore. Assim que ultrapassamos os portões da propriedade, pude ver veadinhos, um curioso porco selvagem, tatus, além de outros exemplares de aves e animais que não consegui identificar na hora.

Everard King tinha visto o carro de longe e já estava esperando por mim nos degraus de sua casa.

Baixo e corpulento, talvez com uns quarenta e cinco anos, tinha um rosto redondo e bem-humorado, queimado pelo sol tropical e vincado de rugas. Parecia simples e bonachão. Vestia uma roupa branca à moda dos plantadores e um chapéu Panamá atirado para trás. Parecia curiosamente deslocado na paisagem.

– Querida! – gritou ele, olhando por cima do ombro. – Nossa visita chegou. Estou encantado em conhecê-lo, primo Marshall. Bem-vindo a Greylands. Que honra nos dá a sua presença neste lugarzinho sonolento!

Seu jeito caloroso de ser me deixou à vontade no mesmo instante. Em compensação, sua esposa foi de uma frieza e grosseria inimagináveis. Ela se aproximou ao ser chamada. Era uma mulher alta e muito magra – brasileira, imaginei, mesmo falando um excelente inglês. Todavia, não tentou ocultar, nem antes nem depois, que eu não era um visitante bem-vindo a Greylands Court. Suas palavras eram, em geral, educadas, mas ela possuía um par de expressivos olhos escuros, e eu podia ler neles, claramente, que ela, do fundo do coração, desejava me ver longe dali.

Minhas dívidas, no entanto, eram urgentes demais para que eu me permitisse ser atingido pelo mau humor da mulher. Ignorei a frieza dela e retribuí a extrema cordialidade dele, que não sabia mais o que fazer para me agradar.

Tive vontade de lhe dizer que um cheque em branco contribuiria muito para isso, mas me contive. E seguimos as normas da cortesia. Todos os elogios que o cocheiro fizera ao meu primo me pareciam justificados, e eu tinha certeza de que jamais tinha encontrado alguém tão liberal e hospitaleiro.

Na manhã seguinte, a curiosa aversão de sua esposa para comigo era tão forte que seus modos no café da manhã se tornaram quase ofensivos. Num momento em que o marido deixou a sala, ela me informou:

– O melhor trem do dia é o das doze e quinze.

– Mas eu não estava pensando em ir embora hoje – respondi desafiadoramente. Estava determinado a não permitir que a criatura me expulsasse.

– Ah, se prefere não ir... – ela tinha uma expressão insolente nos olhos escuros.

– Tenho certeza de que o primo me diria se eu estivesse abusando de sua hospitalidade – retruquei.

– O que está acontecendo aqui? – uma voz quis saber.

Ele entrara na sala e tinha ouvido minhas últimas palavras.

No mesmo instante, sua face alegre tornou-se sombria.

– Posso falar um instante a sós com a minha mulher, Marshall? – pediu.

Saí, e ele fechou a porta atrás de mim. Por um instante, escutei sua voz baixa e irritada falando com a esposa. Para não ser indiscreto, fui esperá-lo no jardim. Logo percebi um passo apressado e vi a senhora, pálida, os olhos vermelhos de tanto chorar.

– Quero me desculpar, senhor Marshall King – disse ela, olhando para o chão.

– Por favor, não diga mais nada, senhora.

De repente, ela me fuzilou com os olhos, sussurrando:

– Idiota! – e se virou, entrando na casa.

O insulto foi tão ultrajante que me deixou perplexo. Ainda estava lá, de boca aberta, quando meu anfitrião se juntou a mim, alegre como sempre.

– Espero que minha esposa tenha se desculpado pelas bobagens que falou – disse.

– Oh, sim, não se preocupe!

– Não a leve a sério – continuou ele. – Eu ficaria muito chateado se você fosse embora um minuto antes do programado. O fato é que essa pobre mulher é extremamente ciumenta. Odeia que qualquer um – homem ou mulher – se ponha entre nós um minuto que seja. Seu ideal seria morarmos numa ilha deserta. É como uma mania... Prometa-me que não pensará mais nisso.

— Não, claro que não.

— Então venha comigo. Vou lhe mostrar o meu pequeno zoológico.

A tarde inteira foi ocupada por essa inspeção, que incluía todos os pássaros, mamíferos e répteis que tinham sido importados. Alguns estavam em liberdade, outros em gaiolas, alguns até dentro de casa. Ele falava com entusiasmo e soltava exclamações deliciadas, sobretudo quando algum pássaro brilhante levantava voo diante dos nossos olhos ou percebíamos um animal exótico procurando abrigo.

— Agora vou lhe mostrar a joia da minha coleção — informou.

Tomamos um corredor que saía de uma das alas da casa. No final dele havia uma pesada porta de correr; ao lado dela, na parede, ficava uma manivela de ferro ligada a uma roda e um tambor. Uma grade de grossas barras se estendia por toda a passagem.

— Não há um único espécime igual a esse em toda a Europa, agora que o filhote de Rotterdam morreu. É um gato do Brasil.

— Em que ele é diferente de outro gato qualquer?

— Você logo verá — respondeu ele, rindo. — Quer fazer o favor de abrir essa portinhola e dar uma olhada?

Obedeci. Vi um cômodo vazio, pavimentado de pedras, com pequenas janelas gradeadas na parede do fundo. Uma criatura enorme se encontrava deitada ao centro, sob uma mancha de sol. Do tamanho de um tigre, era negro e lustroso como ébano. Era tão gracioso e possante, tão suave e ao mesmo tempo tão diabólico, que não consegui desviar os olhos da abertura.

– Não é esplêndido? – disse meu anfitrião, entusiasmado. – Alguns o chamam de puma negro, mas na verdade ele não é um puma. Do focinho à cauda mede mais de três metros. Há quatro anos, não passava de uma pequena bola preta de pelos com dois olhos amarelos espiando a vida. Comprei-o ainda filhote recém-nascido, na selva, às margens do rio Negro. A mãe foi morta depois de ter liquidado uma dúzia de homens.

– São muito ferozes?

– São as criaturas mais traiçoeiras e sanguinárias da face da Terra. Os índios daquela região se arrepiam só de ouvir o nome dele. Carne humana é o seu prato predileto. Este aqui ainda não provou sangue quente, mas, quando o fizer, vai se tornar um terror. Ele já não permite que ninguém entre no seu covil, além de mim.

E o primo abriu a porta, fechando-a em seguida atrás de si.

Ao som da sua voz, a criatura se levantou, bocejando, e de maneira afetuosa, esfregou a enorme cabeça redonda, na perna do homem, que a acariciou.

– Muito bem, Tommy! Agora, para a jaula! – ordenou ele.

O monstruoso gato andou até um canto da cela e se enrolou debaixo de uma grelha. Everard King saiu e, pegando a manivela, começou a girá-la, até que a grade de barras do corredor começou a se deslocar através do vão da parede e fechou uma parte do cômodo, formando uma jaula. Ele, então, abriu novamente a porta e me convidou a entrar no cômodo.

– É assim que funciona – explicou. – Nós lhe damos espaço para se exercitar durante o dia, e, à noite, o trancamos na jaula. Para deixá-lo sair, basta girar a manivela na passagem; para prendê-lo, o processo é o mesmo.

Um som de passos nas lajes veio do corredor. Com um salto, a criatura pôs-se de pé e começou a andar de um lado para o outro na jaula, os olhos amarelos reluzindo, a língua vermelha ondulando, trêmula, sobre a linha branca dos dentes pontiagudos.

– Ele já ouviu que o almoço está chegando, não é, meu menino? – disse o primo.

Um cavalariço trouxe um pedaço de carne com osso sobre uma bandeja e atirou-o por entre as grades.

A fera se lançou sobre o alimento, arrastou-o para um canto e destroçou-o calmamente. De vez em quando, levantando o focinho cheio de sangue, olhava para nós. Era um espetáculo maligno e fascinante ao mesmo tempo.

– Você não se surpreende que eu goste tanto dele, não é mesmo? – disse meu anfitrião, assim que deixou o aposento. – Sobretudo levando em conta que eu o criei... E não foi fácil trazê-lo, acredite. Mas aqui está ele, são e salvo. Agora, acho que já tomei muito do seu tempo com o meu hobby, e o melhor que temos a fazer é seguir o exemplo de Tommy e ir almoçar.

O primo estava tão envolvido com suas terras e seus exóticos ocupantes que eu não imaginei que ele pudesse ter outros interesses. Mas ele os tinha, sim, e muitos, se eu fosse me basear no número de telegramas que recebia e abria com a maior ansiedade. Durante a minha estadia, ele nunca recebia menos de três ou quatro por dia.

A semana foi agradavelmente ocupada. Ao final dela, eu podia dizer que tinha uma relação muito amigável com o meu primo. Todas as noites, ficávamos sentados até tarde na sala de bilhar, e ele me contava as mais extraordinárias histórias da América, enquanto eu lhe relatava algo sobre a minha vida em Londres. Somente no último dia falei o que tinha em mente, explicando as minhas dificuldades e a possível ruína. Ele me escutava, atento.

– Mas você não é o herdeiro do nosso parente, lorde Southerton? – perguntou.

– Tenho todas as razões para acreditar que sim, mas até hoje ele nunca me fez qualquer concessão – expliquei.

– Realmente, o pão-durismo do lorde é conhecido de todos. Meu pobre Marshall, sua posição é muito difícil... A propósito, você teve alguma notícia da saúde do nosso parente, ultimamente?

– Sempre foi crítica, desde que me conheço por gente.

– Sim, sempre com o pé na cova, mas o resto não entra nela... Que situação delicada, a sua!

– Confesso que tinha esperanças, primo, de que você, ao conhecê-la... talvez pudesse...

– Não diga mais nada, meu caro! – exclamou ele, cordialmente. – Conversaremos sobre isso hoje à noite e eu lhe dou a minha palavra de que farei por você tudo o que estiver ao meu alcance.

***

Minha visita estava chegando ao final, mas eu não estava triste, porque era desagradável saber que havia uma pessoa da casa querendo me ver pelas costas. Cada vez mais, eu detestava a senhora King e seu ciúme doentio. Ela me ignorava e fazia de tudo para tornar minha estadia em Greylands o mais desconfortável possível. Naquele último dia, ela se mostrara tão hostil que somente a esperança de poder recuperar a minha fortuna fez com que eu ainda conseguisse ficar ali.

Já era bem tarde, quando meu parente, que naquele dia havia recebido mais telegramas do que de costume, se juntou a mim na sala de bilhar. Tinha se enfurnado no escritório durante todo o dia e só saíra depois que a criadagem se recolhera. Eu o ouvira fazendo a ronda e trancando todas as portas e janelas, como costumava fazer.

– Que noite! – exclamou, atirando-se numa poltrona.

Era verdade. O vento uivava e gemia em volta da casa, balançando as janelas. A luz amarela das lamparinas parecia mais brilhante.

– Agora, meu rapaz, dê-me uma ideia do estado dos seus negócios e eu verei o que posso fazer para acertá-los – disse o meu anfitrião.

Assim encorajado, expus-lhe todas as minhas dificuldades. Fiquei desapontado, no entanto, ao notar que ele não prestava atenção ao meu relato. Finalmente, ele se levantou, dizendo:

– Tenho que lhe confessar que nunca fui bom em números. Você deve me desculpar. Melhor colocar tudo num papel, para que eu tenha uma ideia da soma.

A proposta era animadora, e eu prometi fazê-lo.

– E agora é melhor irmos para a cama. Nossa, o relógio do corredor já bate uma hora! – exclamou. – Preciso ver meu gato antes. – O vento o deixa agitado. Quer vir comigo?

– Certamente – respondi.

– Então, pise macio e não fale. Todo mundo está dormindo.

Atravessamos o vestíbulo iluminado sem fazer barulho e logo chegamos ao corredor de pedras, que estava bem escuro. Meu primo pegou uma lanterna de cavalariça que estava dependurada num gancho e acendeu-a para iluminar o caminho. Como não havia nenhuma grade visível durante a passagem, eu soube que a fera estava dentro da jaula.

– Entre! – falou meu parente, abrindo a porta.

Um profundo rosnado mostrou como a tempestade realmente deixara a criatura agitada. A luz da lanterna oscilava, mas mesmo assim o vimos bem, uma grande massa negra enrolada no canto, projetando uma sombra na parede.

– O pobre Tommy não está de bom humor – disse Everard King, levantando a lanterna e olhando para ele. – Parece um diabo negro, não é mesmo? Uma pequena ceia vai alegrá-lo um pouco. Você se importa de segurar a lanterna por um instante?

Tomei-a de sua mão, e ele foi até a porta.

— A despensa dele fica logo ali — disse ele, saindo e batendo a porta com um forte estalido metálico.

Aquele barulho fez meu coração saltar. Uma súbita onda de terror passou por mim, com uma vaga sensação de uma traição monstruosa. Corri até a porta, mas não havia nenhum trinco pelo lado de dentro.

— Ei! — gritei. — Quero sair daqui!

— Sem escândalo! — a voz do meu anfitrião vinha do corredor. — Você está com a luz.

— Sim, mas não quero ficar trancado aqui sozinho.

— Não quer? — ele deu uma odiosa risadinha satisfeita. — Você não vai ficar sozinho por muito tempo...

E, então, no meio do temporal, ouvi o barulho da manivela e o chacoalhar da grade ao passar pela fenda. Minha nossa, ele estava soltando o gato do Brasil!

À luz da lanterna, vi as barras deslizando lentamente. Com um grito, agarrei a última delas e puxei-a com a força de um louco. Por um minuto ou mais consegui imobilizar a coisa, mas, centímetro por centímetro, eu ia cedendo, os pés escorregando nas pedras... O tempo todo eu suplicava àquele monstro desumano que me poupasse daquela morte horrenda, mas como única resposta sentia puxões e solavancos na manivela, enquanto mais uma barra se deslocava para a abertura. Fui sendo arrastado por toda a frente da jaula, até que, finalmente, com punhos e dedos dilacerados, desisti e soltei. Com um baque surdo, a grade se chocou no batente. No instante seguinte, ouvi o arrastar de pés na passagem e tudo ficou silencioso.

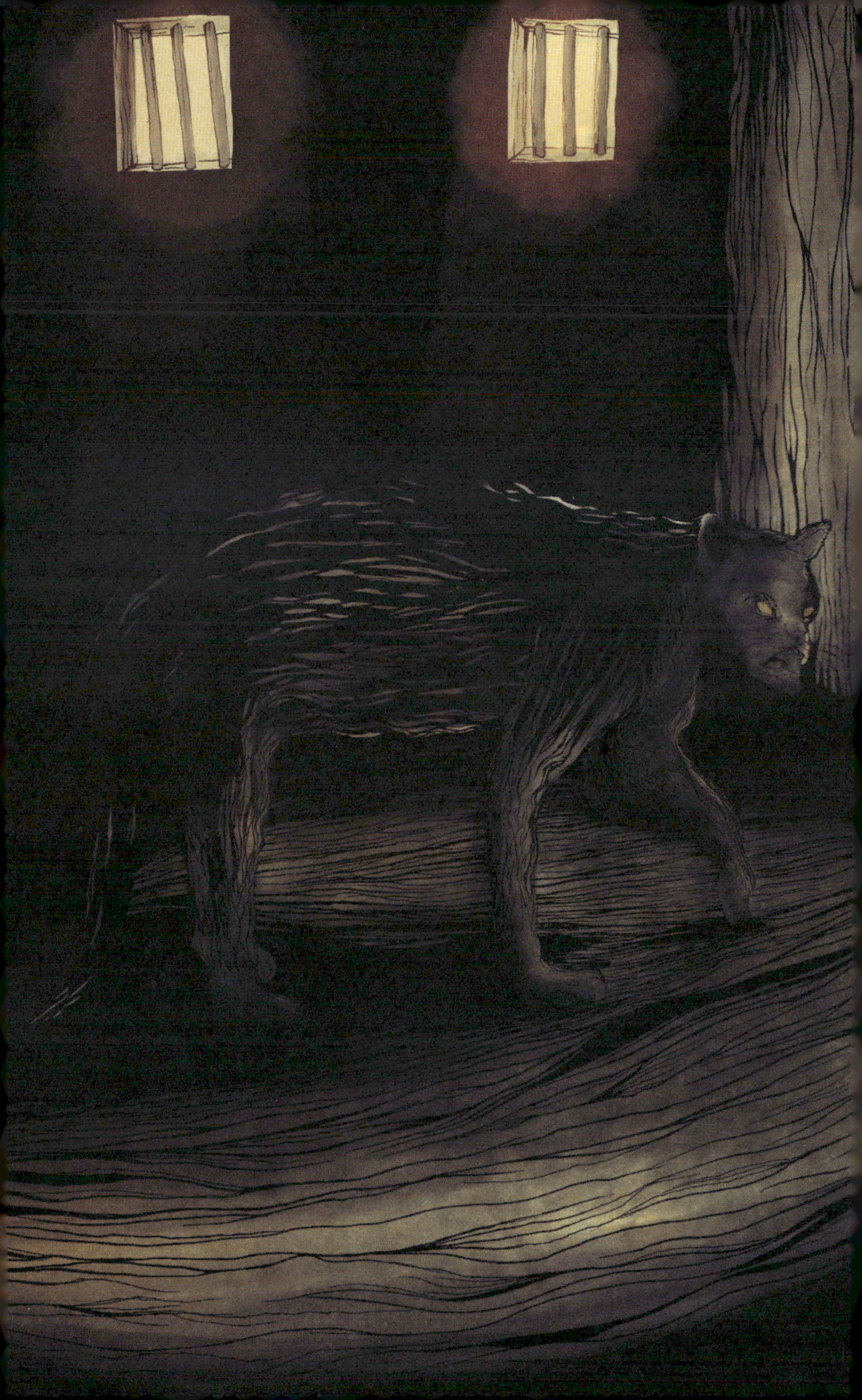

Durante todo o tempo, o animal não se movera. Continuava deitado no canto, quieto, mas seus olhos grandes estavam fixos em mim. Eu deixara cair a lanterna, enquanto me agarrava às grades, mas ela ainda estava acesa sobre o chão. Fiz um gesto para pegá-la, mas nesse instante a fera deu um rosnado ameaçador e parei, tremendo de medo. O gato estava a menos de três passos de mim. Seus olhos brilhavam, me deixando apavorado, mas também fascinado, e eu não conseguia desviar o olhar de sua figura.

Não sei se existe alguma verdade na velha ideia do poder dos olhos fixos em alguém, mas o fato é que, em vez de me atacar, ele apenas deitou a cabeça sobre as patas e pôs-se a cochilar.

Fiquei parado, com medo de me mover e despertar sua força maligna. Como poderia sobreviver até o dia seguinte? Pela porta seria impossível escapar, assim como pelas janelas gradeadas. Não havia um único lugar onde eu pudesse me refugiar. Era absurdo gritar por socorro. E ainda havia a tempestade rugindo lá fora... Podia contar apenas com a minha própria coragem e perspicácia.

E, então, com um novo estremecimento de horror, olhei para a lanterna e percebi que sua luz estava no fim. Eu não tinha nem dez minutos para fazer alguma coisa, pois, se ficasse no escuro com a temível criatura, seria incapaz de qualquer ação. Meus olhos desesperados procuraram em torno e viram algo que, se não me garantia segurança, pelo menos seria um perigo menos imediato que o chão aberto.

A jaula tinha um tampa, que permanecia fixa quando a frente era deslocada pela fenda na parede. Consistia em barras de poucos centímetros de intervalo, com uma grossa tela de arame, e se apoiava em duas pilastras, uma em cada ponta. Era como um grande toldo gradeado sobre a criatura deitada no canto. Se eu pudesse chegar até lá e me apertar entre as barras e o teto... Na verdade, não tinha proteção nenhuma, mas pelo menos ficaria fora do caminho quando a fera resolvesse passear pelos seus domínios.

Seria agora ou nunca, antes que a luz se apagasse. Com um nó na garganta, eu me levantei, agarrei a borda de ferro da tampa e pulei, ofegante, por cima dela. Curvei-me e encontrei-me olhando diretamente para os olhos terríveis e a mandíbula bocejante do animal. Seu bafo fedido chegou até o meu rosto.

O gato, no entanto, parecia mais curioso do que hostil. Ele se levantou arqueando as costas, espreguiçou-se e ficou de pé sobre as patas traseiras. Em seguida, levantando as dianteiras, passou as garras na tela de arame abaixo de mim, rasgando minha calça e abrindo um sulco no meu joelho. Não foi bem um ataque. Foi mais uma curiosidade, pois, com o meu grito, ele se abaixou de novo e começou a andar pelos cantos, olhando de quando em quando na minha direção.

Depois que se pôs em movimento, ele parecia mais agitado e circulava sem parar, silencioso e ágil. Passava a toda hora sob o leito de ferro onde eu me encolhia, quase sem respirar. E logo eu me vi no escuro, sozinho com o gato!

Só me restava ficar quieto e aguardar o resultado. Calculei que deveriam ser umas duas horas. Às quatro, o dia começaria a clarear.

O temporal continuava rugindo lá fora. Dentro, o ar pestilento era insuportável, mas eu tentava ignorar o gato, que não mais via, e pensar em outras coisas. Verdade que só um pensamento era mais forte do que a minha difícil situação: a vileza do meu primo. Por trás daquela face alegre escondia-se a alma de um assassino.

A história que ele contaria seria bem simples. Eu tinha ficado sozinho na sala de bilhar e, por conta própria, resolvera ver o gato. Tinha entrado no cômodo sem perceber que a jaula estava aberta e sido surpreendido pelo animal. Como ele poderia ser acusado de qualquer coisa? Suspeitas, talvez – mas provas, nunca!

Como aquelas duas horas medonhas custaram a passar! Finalmente, alguns feixes de luz entraram pela janela. Era evidente que, agora, o gato estava mais perigoso por causa do frio da manhã – e também da fome. Ele começou a rosnar e a andar de um lado para o outro, nervoso e irritado. Era uma hora miserável para morrer.

Percebi que, se a frente da jaula voltasse à posição original, eu poderia encontrar refúgio atrás dela. Conseguiria puxá-la de volta? Eu quase não me mexia, com receio de atrair a criatura. Devagar, bem devagar, pus minha mão para a frente, até atingir a ponta da grade, a última barra que sobressaía através da parede. Para minha surpresa, ela cedeu facilmente. Claro que a dificuldade em puxá-la se originava do fato de eu estar agarrado a ela. Consegui puxar mais uns dez centímetros. Ela corria, aparentemente, sobre rodas. Puxei mais uma vez e, então, o gato saltou!

Foi tudo muito rápido e inesperado. Primeiro escutei o seu rosnado selvagem e, no instante seguinte, vi seus olhos amarelos ardentes se aproximando de mim. O gato se chocou contra a grade sobre a qual eu estava e imaginei que ela estivesse despencando.

Seu pulo foi mal calculado. Arranhando a grade com fúria, ele oscilou para trás e caiu pesadamente no chão, mas logo virou-se para mim e, com um rosnado, armou um novo bote.

Os momentos seguintes decidiriam o meu destino, e bolei um plano em uma fração de segundos: tirando o casaco, joguei-o na cabeça da fera. No mesmo momento, saltei, agarrei a grade e puxei-a com desespero para fora da parede.

Ela deslizou mais facilmente do que eu esperava. Perdi o equilíbrio e o impulso me fez correr, puxando a grade comigo por toda a largura da jaula. Isso fez com que eu ficasse do lado errado. Se tivesse sido do outro lado, eu teria saído sem um arranhão. Um momento, quando parei de puxar para passar pela entrada da jaula, foi o suficiente para a criatura se livrar do meu casaco, saltar e agarrar a minha perna. Mas eu ainda consegui escapar. Sangrando e quase desfalecido, eu me vi deitado sobre a palha imunda, mas separado da criatura por uma grade amiga.

Estava muito ferido para me mover. O gato, encostando seu peito negro contra as barras, tentava me içar com as patas como um gatinho faria com sua caça. Ele rasgava as minhas roupas, mas, mesmo esticando-se ao máximo, não conseguia me alcançar.

Relembrando os acontecimentos, calculo ter ficado inconsciente por umas duas horas. O que me despertou foi um barulho metálico agudo, o mesmo que havia iniciado aquela terrível experiência. Vagamente, reconheci o rosto bonachão do meu primo aparecendo pela porta aberta, e seu olhar surpreso diante do que viu: o gato agachado no chão e eu, estendido de costas, dentro da jaula, com as calças rasgadas e uma poça de sangue a minha volta.

Lembro-me do que aconteceu como num sonho: ele fechou a porta atrás de si e chegou perto da jaula para ver se eu estava realmente morto.

– Muito bem, Tommy! – exclamou, aproximando-se da grade, de costas para mim. Mas imediatamente berrou: – Para baixo, besta estúpida! Você não reconhece o seu dono?

De repente, a minha mente confusa relembrou as palavras que ele mesmo havia dito: o gosto de sangue transformaria o gato num demônio. Meu sangue havia feito isto, mas ele pagaria o preço.

Ouvi quando ele caiu e se levantou, e caiu de novo. E, quando achei que ele estava morto, vi como num pesadelo uma figura esfarrapada, ensopada de sangue, correndo freneticamente e sem rumo – e esse foi o último vislumbre que tive antes de desmaiar de novo.

***

Minha convalescença durou muitos meses. Nem posso dizer que me curei de todo, pois usarei para o resto da vida uma bengala como uma lembrança da noite passada com o gato do Brasil.

Atendendo aos gritos desesperados do patrão, os empregados correram e mataram a fera, em cujas garras estavam os restos do que fora um ser humano. Fui levado para a casa do meu quase assassino e lá fiquei por várias semanas, entre a vida e a morte, até poder ser transportado para Grosvenor Mansions.

Uma noite, a esposa brasileira do primo entrou no meu quarto. Estava vestida de preto, em sinal de luto pela morte do marido. Ficou um tempo observando meu rosto e, pela primeira vez, havia uma expressão bondosa nos seus olhos.

– Consegue me ouvir? – perguntou.

Balancei apenas a cabeça em sinal afirmativo, pois ainda estava muito fraco.

– Bem, quero apenas lhe dizer que você foi o culpado de tudo o que aconteceu – disse ela. – Desde o começo tentei avisá-lo. Eu sabia que meu marido tinha motivos secretos para trazê-lo aqui e que nunca deixaria você ir embora. Não podia lhe dizer isso, pois ele me mataria. Felizmente, tudo acabou bem. Sinto por você ter se ferido, mas não me censuro por isso. Eu disse que você era um idiota, e é verdade.

Quando acabou de falar, ela saiu do quarto. Nunca mais voltei a ver aquela mulher amarga e singular. Soube que, logo depois, ela voltou para Pernambuco, onde morava antes de conhecer meu primo, e se tornou freira.

Somente quando retornei a Londres, os médicos anunciaram que eu já estava apto a cuidar dos meus negócios. Achei que fosse receber uma avalanche de credores, mas foi Summers, meu advogado, quem apareceu primeiro.

– Alegro-me que esteja melhor – disse ele. – Já esperava há algum tempo para vir felicitá-lo.

– O que é isso, Summers? Não tenho tempo para brincadeiras.

— É sério — respondeu. — Faz seis semanas que você se tornou lorde Southerton. Esperamos que melhorasse para lhe dar a notícia.

Lorde Southerton, uns dos mais ricos pares da Inglaterra! Eu não podia acreditar no que ouvia. Refleti a respeito do tempo decorrido e perguntei:

— Então ele morreu quando eu estava ferido?

— Exatamente no mesmo dia em que a fera o atacou — disse Summers, me olhando tão firmemente que percebi que ele sabia o que realmente acontecera.

O advogado fez uma pausa, esperando uma confidência, mas achei melhor não expôr minha família a tal escândalo.

— Uma coincidência muito curiosa — continuou ele, com o mesmo olhar. — Como você bem sabe, seu primo Everard King era o herdeiro seguinte. Se o tigre tivesse despedaçado você, ele seria lorde Southerton agora.

— Sem dúvida — respondi.

— Fiquei sabendo de outra coisa também — continuou Summers. — O criado do finado lorde Southerton era pago por seu primo para lhe enviar telegramas, relatando a saúde do lorde, na época em que você esteve por lá. Não acha estranho ele querer estar tão bem informado, sabendo que não era o herdeiro direto?

— Muito estranho — concordei. — E agora, Summers, gostaria que você trouxesse as contas e um talão de cheques. Quero começar imediatamente a colocar as coisas em ordem.

Arthur Conan Doyle

O escocês Arthur Conan Doyle (1859-1930) é o criador dos personagens mais famosos das histórias de detetives: Sherlock Holmes e dr. Watson, imbatíveis na resolução dos mais complicados mistérios. Seus textos instigantes continuam a desafiar a atenção e o raciocínio do leitor e a inspirar inúmeras obras.

O RETRATO OVAL

Edgar Allan Poe

Como eu estava bastante ferido, Pedro, meu criado, achou melhor forçar a entrada de um castelo, para que eu não passasse a noite ao relento.

O prédio parecia abandonado. Apesar de sombrio, era grandioso. Toda a decoração era rica, ainda que desgastada e antiga. As paredes eram forradas por tapeçarias e enfeitadas com troféus. Havia também uma inesperada quantidade de quadros modernos, emoldurados com ricos arabescos dourados. Essas pinturas, que estavam penduradas não somente em pontos centrais das paredes, como também nos muitos cantos que a bizarra arquitetura do castelo proporcionava, chamaram a minha atenção. Mas talvez fosse por causa do meu estado: eu me sentia delirando.

Escolhemos uma torre afastada e nos acomodamos num aposento menor, com móveis simples. Como já era noite, pedi a Pedro que acendesse o enorme candelabro que estava na cabeceira da cama. Eu achava que, caso não conseguisse dormir, pelo menos poderia contemplar os quadros. Pretendia também ler um pequeno volume com descrições e críticas sobre as pinturas, que havia encontrado debaixo do travesseiro.

Foi o que fiz por um bom tempo, contemplando as imagens com devoção.

As horas passaram sem que eu me desse conta. De repente, percebi que era meia-noite, a hora do silêncio mais profundo. A posição do candelabro começou a me incomodar. Estendi a mão, com dificuldade, para direcionar as velas de forma a lançar a luz diretamente sobre o livro. Não queria perturbar o meu criado adormecido com coisa tão pequena.

A ação produziu um efeito completamente inesperado. As inúmeras velas iluminaram um canto do quarto que até então ficara encoberto pela sombra da cama. E eu vi um quadro que tinha me passado despercebido.

Era o retrato de uma bela jovem. Mirei-a rapidamente e depois fechei os olhos. No primeiro momento, não soube explicar a razão daquele gesto. Mas, enquanto minhas pálpebras permaneciam cerradas, pensei no porquê de tê-las fechado. Fora um movimento impulsivo, para ganhar tempo para raciocinar – para ter certeza de que minha visão não me havia traído – e controlar a minha fantasia, em troca de uma contemplação mais sóbria e segura. Depois de uns poucos minutos, olhei de novo, fixamente, para o quadro.

Agora eu já não podia mais duvidar do que via com exatidão. Os primeiros raios das velas sobre a tela, que até então dissipavam o estupor sonolento que roubava os meus sentidos, apagaram-se de vez e me despertaram totalmente. No retrato, que mostrava apenas a cabeça e os ombros da jovem, havia sido usada uma técnica chamada de vinheta. Os braços, o busto e até as pontas do cabelo radiante se fundiam imperceptivelmente na vaga, mas profunda sombra que compunha o fundo. A moldura era oval e ricamente ornada de dourado.

Como uma obra de arte, nada poderia ser mais admirável do que aquele retrato. Mas não foi a execução primorosa do trabalho nem a beleza imortal daquela fisionomia retratada que me comoveram de forma tão intensa e repentina. Talvez a minha fantasia pudesse confundir o retrato com uma pessoa real. No entanto, notei, no mesmo instante, que as peculiaridades do desenho, da vinheta e da moldura contradiziam tal ideia, impedindo até qualquer dúvida mais momentânea. Pensando seriamente sobre isso, permaneci, talvez por uma hora, meio sentado, meio reclinado, com a visão focada no retrato. Por fim, satisfeito por ter descoberto o verdadeiro segredo do seu efeito, joguei-me na cama. Descobrira a magia do quadro na mais absoluta semelhança de expressão da figura retratada, que, no início, me deixara perplexo e, por fim, espantado e aterrorizado. Com um profundo e reverente temor, coloquei o candelabro na posição anterior, fazendo com que a causa da minha profunda agitação fosse tirada do foco da minha visão. Ansioso, peguei o livro sobre os quadros e suas histórias. Encontrando o número que designava o retrato oval, li as vagas e estranhas palavras:

> Era uma jovem da mais rara beleza, encantadora, cheia de vida. E desgraçada foi a hora em que ela viu, amou e se casou com o pintor. Ele, por sua vez, era um apaixonado, estudioso, austero e já noivo de sua arte. Ela era cheia de luzes e sorrisos, serelepe como um veado novo, que amava e prezava todas as coisas. Odiava somente a arte, que era a sua maior rival: tinha pavor da paleta, dos pincéis e dos outros odiosos instrumentos que a privavam do seu amado. Por isso mesmo, escutou, horrorizada, quando o pintor anunciou o seu desejo de

retratá-la. Como esposa humilde e obediente, no entanto, aceitou posar para ele. Passava semanas sentada docilmente, na sala escura e alta da torre do castelo, onde somente um feixe de luz, vindo de cima, caía sobre a pálida tela.

Enquanto isso, o pintor glorificava a sua obra, que progredia de hora em hora, dia a dia. Ele era um tipo tempestuoso, que se perdia em devaneios. Tanto que nem se dava conta de que aquela luz penosa, que entrava pela torre solitária, debilitava a saúde e o espírito de sua esposa, que definhava visivelmente. Somente ele não percebia. Ela seguia sorrindo, imóvel, sem reclamar, vendo o fervoroso e profundo prazer que o tão renomado pintor depositava em sua tarefa. Ele trabalhava dia e noite para pintar aquela que o amava tanto e adoecia mais e mais. E aqueles que viam o retrato comentavam, em voz baixa, a incrível semelhança entre a pintura e a modelo, como se fosse uma prova não só da capacidade do artista, mas também do seu amor profundo pela jovem, tão perfeitamente retratada.

Finalmente, quando o trabalho começou a chegar perto do fim, já ninguém mais era admitido na torre do castelo. No ardor do seu trabalho, o pintor se tornara obcecado e raramente desviava os olhos

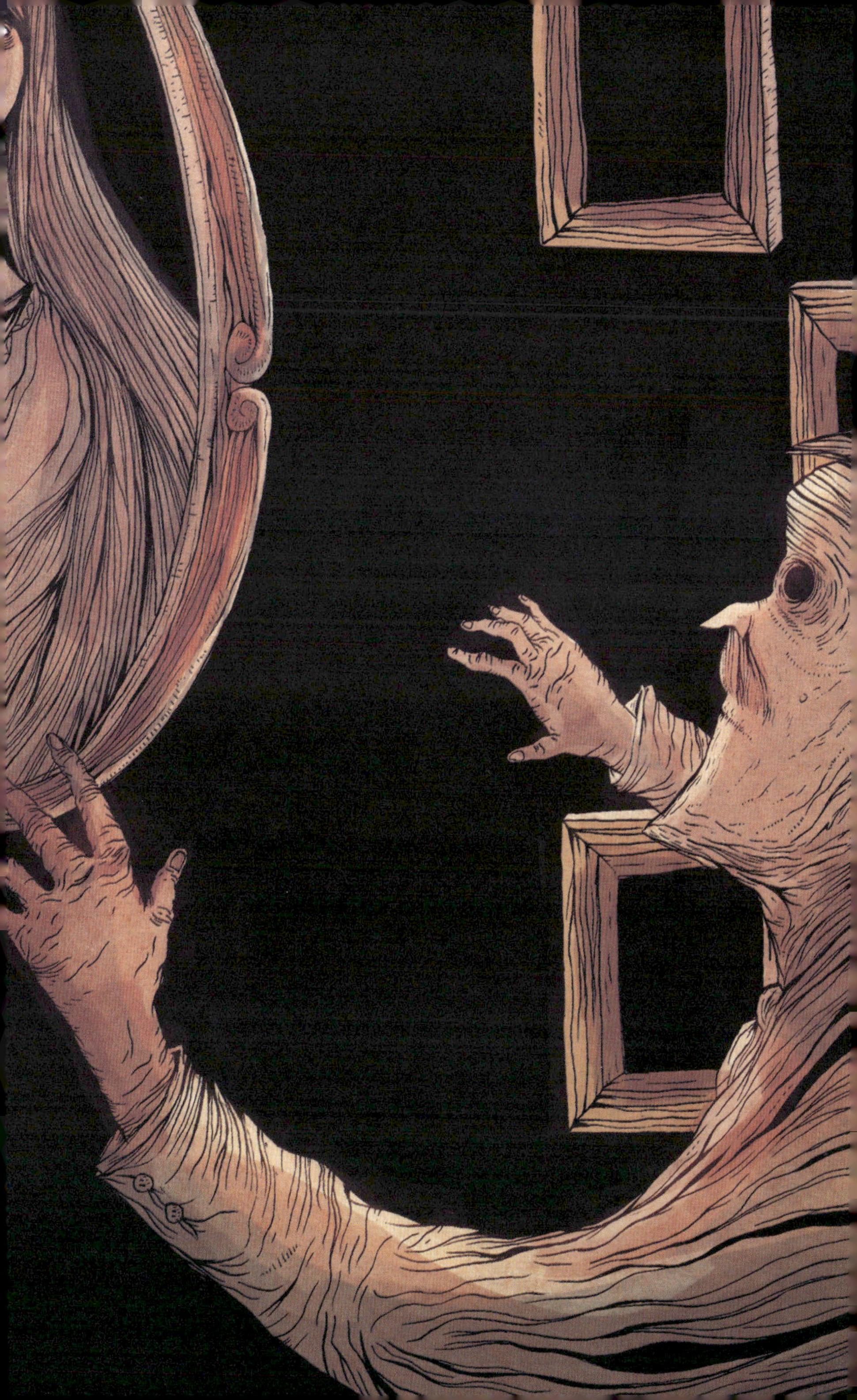

da tela, nem mesmo para mirar a esposa. Já não se dava conta de que as tintas que espalhava pela tela eram retiradas da face daquela que posava para ele. E, à medida que as semanas passavam e pouco restava para se fazer, a não ser uma pincelada na boca ou um toque de tinta sobre o olho, o espírito da jovem dama tremia como a chama de uma vela.

Então o artista deu a pincelada final. Por um momento ele permaneceu em frente ao seu trabalho, encantado com o resultado.

— Isto é, de fato, a própria vida! — exclamou em voz alta.

No instante seguinte, porém, enquanto ainda olhava para o quadro, começou a tremer e empalideceu.

Ao se voltar para a amada, percebeu que ela estava morta.

Edgar Allan Poe

O norte-americano Edgar Allan Poe (1809-1849) é autor do poema "O corvo", traduzido para as mais diversas línguas. Sua fama, no entanto, deve-se principalmente às histórias de terror e mistério, protagonizadas por figuras soturnas, que influenciaram Arthur Conan Doyle e Agatha Christie e são referências na literatura universal.

A MARCA DE NASCENÇA

Nathaniel Hawthorne

Para entender essa conversa, é necessário explicar que Georgiana tinha uma mancha singular no meio do lado esquerdo do rosto, semelhante a uma mão humana bem pequena.

Em estado normal, a face da jovem tinha uma cor rosada saudável e delicada. A marca tinha um tom avermelhado, mas pouco se destacava. Quando a jovem corava, a mancha praticamente desaparecia. Quando empalidecia, porém, a mancha parecia mais forte.

Os admiradores de Georgiana costumavam dizer que, quando ela nasceu, uma fadinha tocou-lhe a face, deixando ali um sinal dos talentos mágicos com os quais ela conquistaria todos os corações.

Se a jovem fosse menos bonita, talvez Aylmer até pudesse sentir alguma afeição por aquela minúscula mão. Como, porém, ele achava sua mulher absolutamente perfeita, começou a ver seu único defeito como algo intolerável.

E foi assim que, nas horas que deveriam ser as mais felizes do casal, Aylmer, invariavelmente e até sem querer, tocava naquele assunto desastroso. No começo, parecia insignificante, mas acabou se tornando o centro de tudo.

Desde a manhã, Aylmer reconhecia na mulher o sinal da imperfeição. Quando eles se sentavam juntos diante da lareira, no final da tarde, seus olhos vagavam, discretamente, até a mancha do rosto dela, que tremeluzia com as chamas do fogo. Bastava uma olhadela dele com aquela expressão peculiar para que as faces coradas de Georgiana se tornassem de uma palidez cadavérica e a pequena mão se sobressaísse como um rubi sobre o mais branco dos mármores.

Certa noite, quando as luzes já estavam enfraquecendo e não dava para ver direito a mancha, a pobre garota tocou no assunto pela primeira vez.

– Você se lembra, meu querido Aylmer, do seu sonho da noite passada, que tinha a ver com esta mão odiosa? – perguntou ela, tentando sorrir.

– Não – respondeu ele. – Mas pode ser que eu tenha sonhado, porque, antes de dormir, pensei bastante nela.

Georgiana gaguejou, agora com medo de que um jorro de lágrimas interrompesse o que estava disposta a dizer.

– Deve ter sido um sonho terrível! Fico surpresa que você não se lembre, porque, para mim, é impossível esquecer o que você disse: "Está no coração dela agora. Tenho de removê-lo!".

Aylmer agora recordava... No sonho, ele operava Georgiana para extirpar aquela marca de nascença. Mas quanto mais fundo ele enfiava o bisturi, mais a mão afundava, até que, por fim, ela pareceu agarrar o coração da jovem. Era de lá que ele tentava arrancá-la.

– Eu não sei qual será o custo para nós dois – declarou ela. – Pode ser que a extração deforme o meu rosto. Pode ser que ela esteja incrustada em mim como a própria vida. De qualquer modo, quero saber: existe alguma possibilidade de esta mão desaparecer para sempre?

– Minha querida Georgiana, já refleti muito sobre esse tema – respondeu Aylmer. – Estou convencido de que é possível, sim.

– Mesmo que a possibilidade seja mínima, quero que você tente – pediu ela. – Não me importa o risco. Remova do meu rosto esta mão pavorosa ou tome a minha deplorável vida! Você possui grande sabedoria e já realizou maravilhas. Não pode, então, fazer essa pequena operação e salvar sua pobre mulher da loucura?

Aylmer deu um grito de alegria.

– Querida, não duvide dos meus poderes! Será uma glória consertar o que a natureza deixou imperfeito na sua mais bela criação!

– Está resolvido, então! – declarou Georgiana, tentando sorrir. – Aylmer, não me poupe, caso você descubra que, no final de tudo, a marca de nascença está enraizada no meu coração.

O marido beijou-a carinhosamente. No lado direito, não naquele que tinha impressa a mão escarlate.

No outro dia, Aylmer informou a Georgiana os detalhes do seu plano. Começou dizendo que ela deveria desfrutar de absoluto repouso, essencial para o sucesso da empreitada. Em seguida, tentou tranquilizá-la, dissertando sobre os segredos da ciência.

– Estou trabalhando na produção do elixir da juventude. Ele prolongará a vida por anos, eternamente até.

— Aylmer, você está falando sério? — indagou Georgiana, cheia de espanto e medo. — É terrível ter tanto poder!

— Oh, não tema, meu amor! — respondeu ele. — Apenas imagine como é insignificante o trabalho de remover essa pequena mão, comparado com tudo o que faço.

À menção da marca, Georgiana, como sempre, encolheu-se como se um ferro quente a tivesse tocado. E pensou que nem o marido odiava tanto aquela marca carmesim quanto ela.

Para dissipar o tédio das horas, Georgiana ocupou-se com os volumes da biblioteca científica do marido. Ficou encantada com os registros precisos que ele fazia de cada um dos seus experimentos e passou a admirá-lo mais do que nunca.

Em determinado momento, pensou:

"Que interessante! Acho que a maioria dos seus extraordinários sucessos é quase sempre um fracasso, se comparado com o ideal que ele almejou..."

E ela disse ao marido:

— Esses livros me ensinaram a venerá-lo mais do que nunca...

— Ah, espere pelo meu maior sucesso! — respondeu ele, estufando o peito.

E convidou-a para examinar sua coleção de produtos químicos e tesouros naturais da terra.

Era a primeira vez que ela entrava no laboratório e ficou impressionada, principalmente com a fornalha quente e o brilho intenso do fogo, que parecia estar queimando por séculos, a julgar pela quantidade de fuligem acumulada.

Um aparelho de destilação borbulhava em pleno funcionamento. Pela sala havia tubos, cilindros e outros aparatos de experimentos químicos. A atmosfera era opressiva e contaminada com odores de gases.

Diante do seu ar assustado, o marido perguntou, num tom de voz elevado:

– Não confia mais em mim?

– Não, Aylmer! – protestou Georgiana, com firmeza. – Foi você quem não confiou em mim! Percebo que está com medo também... Mas isso não tem importância agora. Eu não vou desistir. Esteja certo de uma coisa: tomarei o que você me der, mesmo que seja veneno.

Aylmer ficou comovido.

– Minha querida, eu ainda não conhecia a sua verdadeira natureza... Saiba, pois, que essa mão de carmesim, que parece superficial, agarrou no seu ser com tal força que eu sequer poderia imaginar. Só falta tentar uma coisa. Se isso der errado, estaremos arruinados. Há perigo de... – ele deixou a frase em suspenso.

– Perigo? – gritou ela. – Há somente um perigo: que esse estigma horrível fique no meu rosto! Remova-o! Remova-o a qualquer custo, ou nós dois ficaremos loucos!

– Como as suas palavras são verdadeiras... – concordou Aylmer, triste. – E agora, querida, volte para os seus aposentos. Daqui a pouco, faremos o teste final.

Georgiana analisou o caráter de Aylmer e, mais do que nunca, deu-se conta do senso de justiça que ele possuía. Era uma pessoa tão honrada, de coração tão puro e nobre, que

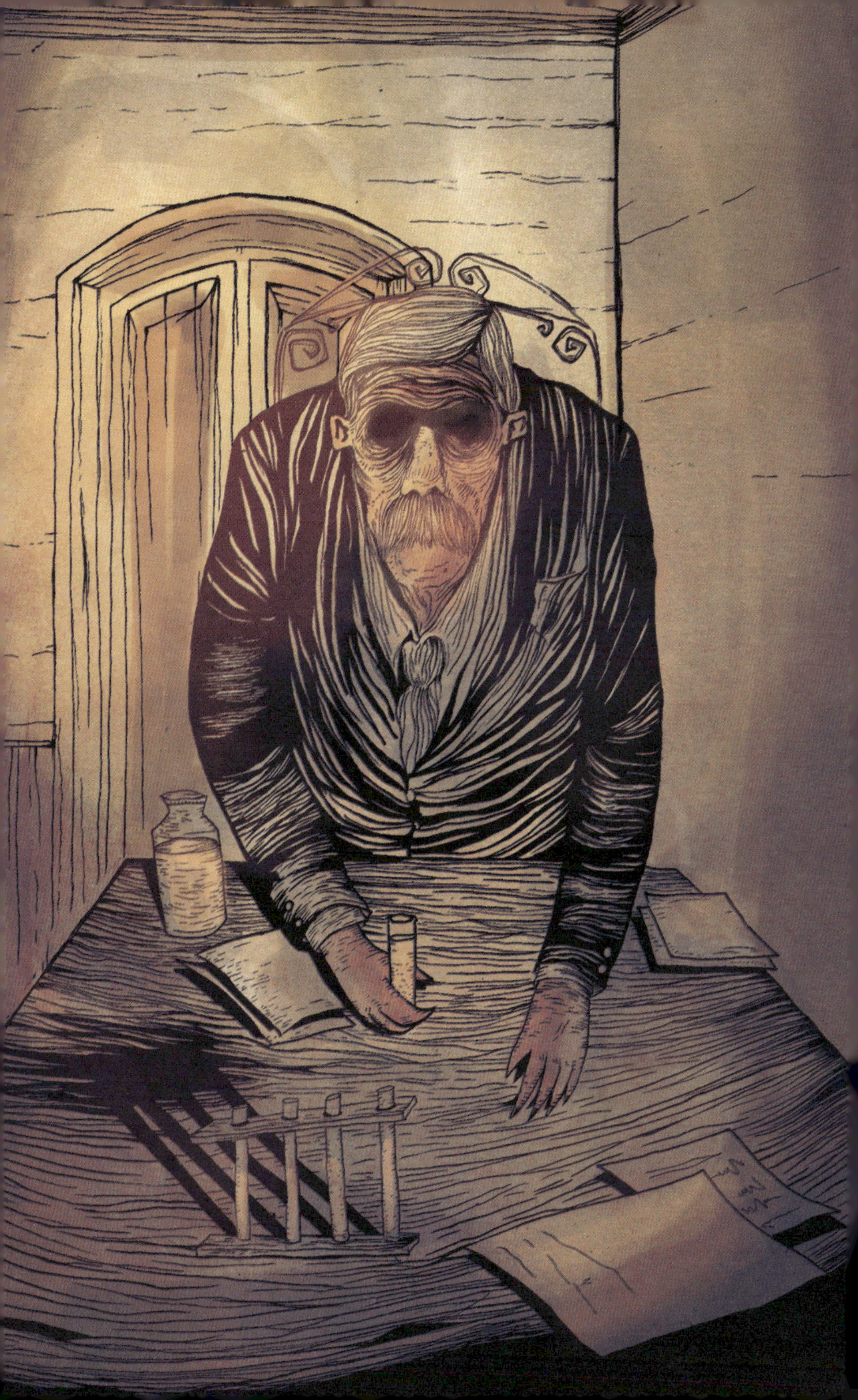

somente aceitava a perfeição. Seu amor por ela era tão sagrado, que não poderia ser rebaixado ao nível da realidade terrestre.

O som dos passos dele despertou-a para a realidade. Aylmer trazia um cálice de cristal contendo um líquido transparente como água, mas brilhante o suficiente para ser a bebida da imortalidade. Estava pálido e tenso quando disse:

— A elaboração da bebida foi perfeita. A menos que a minha ciência tenha me enganado, não pode falhar.

— Vamos logo com isso. Prefiro morrer a continuar com essa marca infame — disse ela, baixinho.

— Seu lugar é no céu, sem experimentar a morte! — respondeu o marido. — Mas por que falamos em morrer? A bebida não pode falhar. Observe seu efeito nesta planta.

No parapeito da janela, havia um gerânio doente, com as folhas cobertas de manchas amarelas. Aylmer despejou um pequena quantidade de líquido na terra e logo as manchas deram lugar a um verde vivo.

— Não há necessidade de prova — Georgiana retrucou. — Dê-me o cálice.

Ela bebeu o líquido e murmurou, com um sorriso tranquilo nos lábios:

— Parece água de uma fonte celeste... Seu gosto é bom e seu aroma é agradável.

A jovem pronunciou essas últimas palavras de maneira estranha, como se necessitasse de muita energia para formar as sílabas, e adormeceu em seguida.

Aylmer sentou-se a seu lado e ficou observando o que acontecia.

A mão carmesim, antes fortemente visível sobre o pálido mármore da face, ia ficando sem o contorno, mas a jovem estava mais pálida do que nunca. A marca perdia a clareza a cada respiração que ia e vinha. O cientista pensou que, se sua presença fora horrível, sua partida estava sendo ainda pior. Mesmo assim, foi buscar um espelho e rejubilou-se, em êxtase.

– Ela está quase desaparecendo! Veja! Sucesso!

Georgiana abriu os olhos devagar e olhou o próprio rosto. Um sorriso fraco deslizou sobre os seus lábios, quando viu a odiosa mão quase imperceptível. Mas quando o último tom de carmesim da marca desapareceu, a respiração da mulher, agora perfeita, foi para a atmosfera, levando consigo sua alma.

Nathaniel Hawthorne

Nathaniel Hawthorne (1804-1864) é considerado por muitos o primeiro grande escritor norte-americano, pioneiro em explorar a psicologia humana. Em seus textos, as motivações ocultas e o lado por vezes sombrio das pessoas em confronto com a rígida moral da época resultam em seres atormentados pelo pecado e pela culpa.

SOLANGE
Alexandre Dumas

Eu caminhava na rua, quando ouvi uma mulher gritando por socorro. Corri e, sob a luz da lua que naquele instante furava as nuvens, vi uma jovem no meio dos soldados da patrulha.

Ela me olhou e, percebendo pelos meus trajes que eu não pertencia ao povo comum, correu na minha direção. Pálida e trêmula, segurou meu braço, exclamando:

– Aqui está o senhor Alberto! Ele me conhece e confirmará aos senhores que sou a filha da senhora Ledieu, a lavadeira.

– Não me importa de quem você é filha. Se não tem salvo-conduto, deve vir conosco – disse um soldado.

Pela maneira como ela apertou meu braço, percebi a sua aflição e disse:

– É você, Solange? O que está fazendo aqui?

– Acreditam em mim agora, senhores? – perguntou, olhando para os soldados.

– Você deveria ao menos dizer "cidadãos", e não "senhores"! – foi a resposta.

– Perdoe-me, sargento... – disse a bela jovem. – Minha mãe conviveu com os nobres e acabei adquirindo o péssimo hábito de falar como a aristocracia...

Dada com voz trêmula, a resposta acabou funcionando, e eu me perguntei quem seria aquela jovem... Apenas uma coisa era clara: ela não era a filha da lavadeira!

— Como vim parar aqui, cidadão Alberto? — ela retomou a conversa. — Bem, vou lhe contar. Saí para entregar as roupas que minha mãe lavou. A pessoa que deveria recebê-las não estava em casa e eu tive de esperar. Nesses tempos duros, todo mundo precisa de dinheiro... E assim ficou escuro e eu me vi no meio desses senhores, quer dizer, cidadãos, que queriam me prender. Gritei, apavorada, o que o trouxe à cena. Sorte minha, pois você é meu amigo. Eu disse a mim mesma: "Como o senhor Alberto sabe que meu nome é Solange Ledieu, ele vai me ajudar". Não é mesmo, senhor Alberto?

— Claro! Confirmo a identidade dessa mulher.

— Muito bem! — disse o líder da patrulha. — E quem atesta a "sua" identidade?

— Danton! Você o conhece? Neste momento, ele está no Clube dos Cordeliers.

— Bem, nesse caso... Cidadãos, vamos todos até lá! — ordenou o líder.

Após alguns minutos de caminhada, chegamos ao velho monastério de Cordeliers, onde os revolucionários se reuniam no clube. Diante da porta, escrevi algumas palavras numa folha de papel e pedi ao sargento que a entregasse a Danton.

O sargento entrou e logo voltou com Danton em pessoa.

— Quer dizer que estão querendo prendê-lo, meu amigo? — exclamou ele, com aquela sua voz forte e macia que acalmava as multidões. — Você, um dos nossos mais leais republicanos? – e olhando para o sargento, completou: – Eu asseguro a identidade desse homem. É suficiente para você?

– Sim – respondeu o sargento. – Especialmente depois que tive o privilégio de conhecê-lo.

Com um cumprimento a Danton, a patrulha foi embora. Troquei duas palavras com o revolucionário e fiquei sozinho com a minha desconhecida.

– E então, senhorita, para onde devo levá-la? – perguntei.

– Para a casa da senhora Ledieu – respondeu ela com uma risada. – Eu lhe disse que ela é minha mãe.

– E onde mora a sra. Ledieu?

– Rua Ferou, vinte e quatro.

– Bem, então vamos para a rua Ferou.

Durante o caminho, nenhum de nós disse uma única palavra. Mas sob a luz da lua, que iluminava gloriosamente o céu, pude observá-la à vontade.

Ela deveria ter uns vinte anos. Cabelos castanhos, grandes olhos azuis, expressivos e inteligentes, um narizinho bem-feito, dentes como pérolas, mãos de rainha, pés de criança. Apesar dos seus trajes de lavadeira, tinha um ar aristocrático. Pensei que o sargento tinha razão em suspeitar dela.

Quando chegamos à porta da frente da casa, nos olhamos em silêncio.

– Bem, meu caro senhor Alberto, o que você quer? – perguntou ela com um sorriso.

– Eu estava justamente pensando em lhe dizer, cara

senhorita Solange, que foi muito ruim tê-la encontrado apenas para perdê-la.

– Mil perdões! Mas se não fosse isso, agora eu estaria na prisão. E muito provavelmente cortariam a minha cabeça...

– Pelo menos me diga o seu nome.

– Solange.

– Sei muito bem que esse não é o seu nome verdadeiro. Eu o dei a você.

– Não importa. Gostei dele e agora faço-o meu. Pelo menos para você.

– Você é uma nobre e está se escondendo para evitar a perseguição, não é?

– Sim. Na casa da senhora Ledieu, cujo marido era o cocheiro do meu pai. Percebe? Não tenho segredos para você.

– E seu pai?

– Os segredos do meu pai pertencem apenas a ele. Claro que você pode adivinhar que ele está se escondendo e isso é tudo que posso lhe dizer.

– Ouça-me, cara Solange... Não sou uma pessoa influente, mas tenho amigos. Posso ajudar seu pai.

Ela segurou minhas mãos e disse com um jeito encantador:

– Você é um homem gentil e generoso. Agradeço muito pelo meu pai e por mim.

Combinamos de nos encontrarmos no dia seguinte, no mesmo local e hora.

– Até amanhã, cara Solange.

– Às dez da noite, caro Alberto.

Gostaria de ter-lhe beijado a mão, mas ela me ofereceu a testa.

No dia seguinte, às nove e meia, eu já estava esperando por ela na rua. Às nove e quarenta e cinco ela abriu a porta. Em um pulo eu já estava ao lado dela.

– Tenho excelentes novidades! – contei, animado. – Em primeiro lugar, aqui estão os seus novos documentos, que mandei fazer com o nome de Solange.

– Primeiro meu pai!

– Seu pai está salvo. Mas ele terá de confiar em nós. Você já falou com ele?

– Claro. Contei que você salvou a minha vida ontem e que talvez salve a dele amanhã.

– Você não poderá acompanhá-lo, infelizmente...

– Não importa. Eu já lhe disse que ele é mais importante – respondeu ela.

– O general Marceau acabou de ser promovido e vai comandar a tropa do oeste – contei. – Parte amanhã à noite e seu pai irá junto, como seu secretário, mas em seguida fugirá para a Inglaterra. Ele a informará quando chegar a Londres, e eu espero obter um passaporte para você encontrá-lo nessa capital.

– Oh, como você me faz feliz... Gostaria de informar meu pai, mas...

– Não é tarde – interrompi. – Você tem um salvo-conduto e o meu braço.

Entreguei-lhe o papel e ela guardou-o junto ao peito, dizendo:

– Agora, o seu braço.

Começamos a caminhar e, quando chegamos ao local onde tínhamos nos encontrado na noite anterior, ela me pediu que esperasse. Voltou cerca de quinze minutos depois, disse que seu pai queria me agradecer e, tomando meu braço, me guiou pela rua, até chegarmos a uma porta escondida, na qual ela bateu de um jeito especial.

Um homem de cerca de cinquenta anos abriu-a. Estava vestido como um operário, mas era só olhá-lo melhor que se percebia que era um nobre. Imediatamente vi que podia confiar nele. Contei que Marceau o tomaria como secretário e só pedia que ele não se voltasse contra a França, ao que ele concordou. Certo de que seria mais prudente que ele fosse encontrar o general naquela noite mesmo, dei-lhe a fita azul, vermelha e branca que o identificaria e prometi acompanhá-lo de uma distância segura.

Ele colocou o chapéu e apagou as velas, e então nós três descemos sob a luz da lua, que penetrava pelas frestas.

Quando chegamos ao último degrau, ele tomou o braço da filha e os dois seguiram juntos. Chegamos ao local sem problemas e eu me aproximei.

– Mais uma vez, obrigado. E agora, adeus – ele me estendeu a mão. – As palavras não são capazes de expressar a minha gratidão.

Respondi fazendo mais pressão na mão que segurava e ele entrou na casa.

Solange o seguiu, mas antes ela fez questão de também apertar a minha mão.

Sentindo um estranho aperto no coração, tomei a mão dela e estreitei-a de encontro ao peito, mas ela me ofereceu a testa, como fizera na noite anterior, dizendo:

– Até amanhã.

Beijei-a na testa, mas, dessa vez, me aproximei mais e a abracei, apertando meu palpitante coração contra o seu.

Voltei para casa num estado de êxtase que jamais havia experimentado antes. Não tinha certeza se estava dormindo ou acordado. A única coisa de que me dava conta era que todas as harmonias da natureza estavam cantando dentro de mim. Não sabia se as sensações vinham da consciência de ter tido uma atitude generosa ou se era porque estava amando aquela adorável criatura.

No dia seguinte, às nove horas, eu já estava na rua Ferou. Meia hora depois, Solange apareceu e passou os dois braços no meu pescoço, dizendo:

– Salvo! Meu pai está salvo! E devo isso a você! Oh, como eu amo você!

Duas semanas depois, ela recebeu uma carta anunciando que o pai chegara à Inglaterra. No dia seguinte, comprei um passaporte para ela, mas, ao recebê-lo, ela desmanchou-se em lágrimas, dizendo que eu não a amava.

– Amo você mais do que a minha própria vida! –

repliquei. – Mas dei minha palavra ao seu pai e preciso cumpri-la.

– Então eu vou quebrar a minha promessa! – ela disse.

– Sim, Alberto, se você tem coragem de me deixar ir embora, eu não tenho coragem de deixar você.

Contra um argumento daqueles, eu nada podia fazer!

Três meses se passaram desde a noite em que falamos de sua fuga, e durante todo esse tempo nem uma palavra sobre "partir" escapou dos lábios dela.

Aluguei uma pequena casa para ela em nome de Solange. Eu não conhecia outro nome, e ela também só me chamava de Alberto. Consegui um emprego de professora para ela numa escola para moças, exclusivamente para escondê-la dos olhos da polícia revolucionária, que estava ficando mais e mais dura.

Passávamos os domingos juntos, olhando pela janela da casa dela o lugar onde tínhamos nos encontrado pela primeira vez. Diariamente trocávamos cartas, que ela assinava como Solange e que eu respondia como Alberto.

Foram os três meses mais felizes de toda a minha vida.

Naquela época, eu andava fazendo experiências interessantes, sugeridas por um dos carrascos da Revolução, e conseguira obter permissão para realizar um tipo de teste científico com os corpos e cabeças daqueles que tinham sido guilhotinados. É claro que eu nunca disse uma palavra sobre meus estudos a Solange, mas, por meio daquelas experimentações, esperava convencer os homens que faziam as leis a abolir a pena capital.

Meu laboratório ficava numa espécie de capelinha no canto do cemitério de Clamart. Você sabe, quando as rainhas são expulsas dos palácios, Deus é banido das igrejas.

Todos os dias, às seis horas da tarde, a horrível procissão tinha início. Os corpos eram amontoados num vagão, as cabeças em um saco. Eu escolhia alguns deles ao acaso e o restante era enterrado em uma vala comum.

No meio das minhas atividades com a morte, o amor por Solange crescia dia a dia, enquanto a pobre criança retribuía minha afeição com toda a força do seu ser.

Frequentemente pensava em me casar com ela, e muitas vezes falamos nisso, mas, para que ela fosse minha mulher, seria preciso que recuperasse o próprio nome e isso significava morte. Numa carta, ela informou o pai sobre nossos planos, obteve a permissão dele e ninguém mais mencionou a partida dela.

***

Um certo episódio marcou aquele dia, que se anunciava depressivo como todos os outros: Solange me contou que o cão do apartamento vizinho não parou de latir a noite inteira. Pela manhã, soube-se que seu dono tinha sido preso e executado poucas horas depois. Mas a vida tinha de continuar e precisávamos ir para o trabalho.

As obrigações de Solange começavam às nove horas. Hesitei quanto a deixá-la ir sozinha até a escola, e ela também parecia temerosa de se separar de mim. Mas ela precisava ir, então, chamei uma carruagem e a acompanhei por uma parte do caminho. Seguíamos abraçados, misturando suas lágrimas aos meus beijos. Desci e ela continuou. Ainda ouvi quando ela me chamou, mas não me virei, porque seu jeito apavorado atrairia a atenção. Voltei para casa e fiquei escrevendo para ela. No final do dia, enviei-lhe um calhamaço de declarações de amor. Ela também me escreveu.

Passei um dia horrível e uma noite ainda mais miserável. Estávamos particularmente deprimidos por causa de uma carta do pai dela que tínhamos recebido e que parecia ter sido violada.

Pela manhã, vi que o tempo estava péssimo. A natureza parecia se dissolver numa chuva fria e ininterrupta. Fui para o laboratório e, durante todo o caminho, meus ouvidos foram torturados pelos gritos que anunciavam os nomes dos condenados, um número imenso de homens, mulheres e até crianças. Se há algo que não me faltaria seriam corpos para as investigações, pensei, amargamente.

A vista do cemitério era desoladora, com as novas sepulturas e as esparsas árvores sem folhas se agitando ao vento. Uma cova larga recém-aberta parecia bocejar diante dos meus olhos. Estava tão cheia de água que mais parecia uma piscina. Meu pé resvalou e por pouco não caí lá dentro. Todos os pelos do meu corpo se ergueram.

A chuva me deixara encharcado. Entrei, acendi uma vela e coloquei-a sobre minha mesa de trabalho, já cheia com os estranhos instrumentos que eu usava. Sentei-me e entrei numa espécie de delírio. Pensava na pobre rainha Maria Antonieta, que conhecera no auge da beleza, glória e felicidade. Ela acabara de ser executada: ontem fora levada ao cadafalso, perseguida pelo ódio do povo, e hoje jazia sem

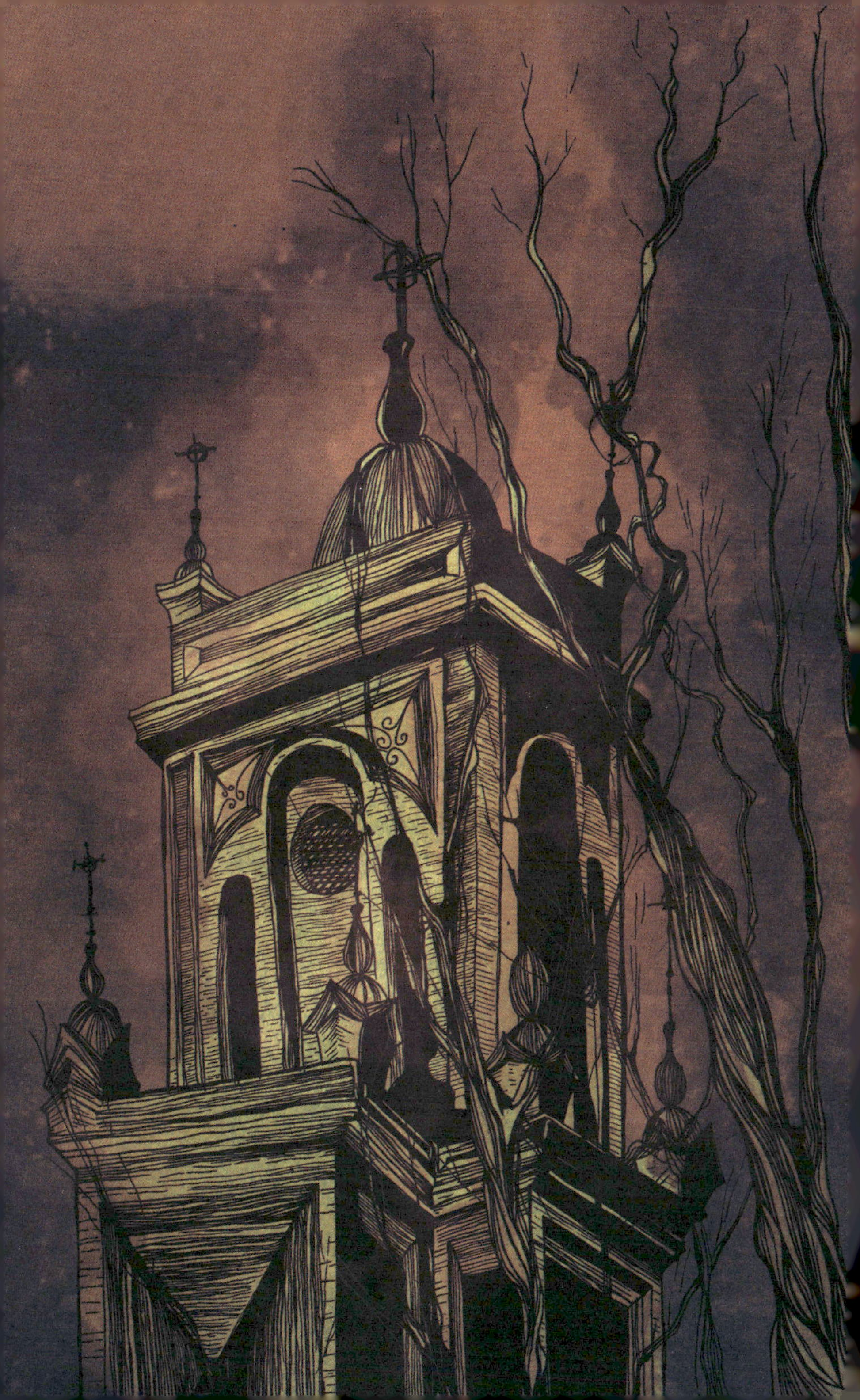

cabeça na sepultura comum das pecadoras, ela que dormia sob ricos dosséis...

Enquanto eu estava sentado, absorvido por essas tristes meditações, o vento e a chuva redobraram sua fúria. Grossas gotas se chocavam contra o vidro das janelas. Melancólicos gemidos vinham dos galhos das árvores quando a tempestade os esbofeteava. O som da violência dos elementos se misturou ao barulho de rodas. Era o carro funerário chegando com a sua carga pavorosa.

A porta da capela estava entreaberta e dois homens encharcados de chuva cruzaram por ela, carregando um pesado saco. Eram os carrascos. Um deles disse:

— Aqui está, dr. Ledru, o que o senhor estava esperando. Esta noite não é preciso se apressar. Nós já vamos deixá-lo sozinho, para que o senhor possa desfrutar da companhia deles. A ordem é que sejam cobertos até amanhã, para que não se resfriem.

Com uma gargalhada horrível, depositaram o saco num canto, perto de onde tinha sido o altar, e saíram, deixando a porta aberta. Furioso, o vento a fez cantar nos gonzos, enquanto a vela soltava faíscas e explodia medonhos desenhos no ar.

Ainda ouvi quando tiraram os arreios dos cavalos, fecharam o cemitério e foram para casa.

Eu sentia uma vontade enorme de ir embora com eles, mas uma força indefinível me prendia ali. Um arrepio me percorreu. Não tinha medo, mas a violência da tempestade, os esguichos da chuva, os silvos dos galhos chicoteados, a aguda vibração da atmosfera que fazia tremer a luz da minha vela, tudo isso junto me encheu de um vago terror, que começou na raiz dos cabelos e se espalhou pelo meu corpo inteiro.

De repente, tive a impressão de ouvir uma voz suave e chorosa dentro da capela, chamando meu nome: Alberto!

Fiquei assustado. Apenas uma pessoa no mundo inteiro me chamava assim!

Lentamente, percorri a capela com os olhos. Apesar de pequena, ela não estava toda iluminada pela frágil luz da minha vela e tinha cantos e ângulos no escuro. Meu olhar se fixou no saco ensanguentado perto do altar e seu conteúdo medonho.

Nesse momento, a mesma voz repetiu o mesmo nome, que soava ainda mais fraco e choroso: Alberto!

Pulei da cadeira gelado de horror.

A voz parecia vir de dentro do saco!

Belisquei meus braços para ter certeza de que estava acordado. Então fui andando, lentamente, com os braços estendidos à minha frente, enrijecido de pavor, até onde ele tinha sido atirado. Enfiei a mão lá dentro e tive a impressão de que lábios ainda quentes pressionaram meus dedos como se os beijassem!

Eu tinha atingido o estágio de terror em que não há mais fronteiras e o medo, de tão grande, transforma-se em audácia e desespero. Agarrei a cabeça e desmoronei na cadeira, colocando-a na minha frente. Os olhos estavam meio fechados, mas tive a impressão de reconhecer aqueles lábios mornos e soltei um urro alucinante!

Pensei que fosse enlouquecer. Lágrimas escorriam pela sua face. Gritei seu nome. Ela abriu os olhos e me olhou. Um brilho úmido escapou deles como se sua alma estivesse passando, quando então se fecharam para nunca mais se abrirem.

Louco de dor, esmurrei a mesa e ela desmontou. A vela se extinguiu. A cabeça rolou no chão e eu caí prostrado como se uma terrível febre tivesse me atacado, para, em seguida, me debater, em desespero. Com um profundo suspiro, desmaiei.

Na manhã seguinte, os coveiros me encontraram, gelado como as lajes onde estava caído.

A cabeça que me chamou e os olhos que me fitaram eram de Solange!

Traída pelas cartas do pai, ela fora presa, condenada e executada no mesmo dia.

Alexandre Dumas

O francês Alexandre Dumas (1802-1870) é um dos mestres da literatura de aventura e dos relatos históricos. Seus textos continuam a instigar a imaginação dos leitores e já inspiraram peças e filmes de sucesso, como *Os três mosqueteiros* e *O homem da máscara de ferro*. Um de seus filhos herdou seu nome e seu talento literário.

A CASA VELHA DA ALAMEDA VAUXHALL

Charlotte Riddell

I

— Sem teto... Sem lar... Sem esperança!

Muitas pessoas que antes dele caminharam por aquela mesma rua devem ter dito as mesmas palavras. Mas aquele jovem que quase corria pela alameda Vauxhall numa noite chuvosa de inverno as pronunciava em voz alta, com a profunda certeza de sua verdade e um sentimento de pena de si mesmo tão agudo quanto jamais se viu.

Era uma frase estranha para ser dita por alguém tão jovem, que tampouco tinha o aspecto de quem caíra em desgraça. Suas botas não estavam gastas nos saltos ou arruinadas nos dedões; suas roupas eram de boa qualidade; seu rosto não era contraído pela fome nem marcado por rugas profundas.

A noite não poderia ter sido pior para alguém estar ao relento. A chuva caía, fria, impiedosa e cada vez mais forte. As ruas eram sopradas por um vento úmido e cortante. A estrada estava enlameada e o calçamento, escorregadio.

O jovem continuava caminhando. Quando passava sob um dos lampiões, a luz que iluminava seu rosto revelava traços bonitos e uma boca expressiva e sensível.

A porta de uma casa estava aberta e ele viu no vestíbulo umas poucas peças de mobília. Junto ao meio fio havia uma carroça, e dois homens estavam levando uma mesa na direção dela. O jovem parou por um segundo, mas logo se afastou, depressa.

– Senhorzinho Graham! – gritou um homem, correndo atrás dele.

O jovem Graham Coulton parou, espantado.

– Não se lembra de mim, senhorzinho? Sou o William! Mas o que o senhor está fazendo fora de casa numa noite dessas, e ainda por cima sem chapéu?

– Eu o esqueci e não quis voltar para pegá-lo – ele ignorou as outras perguntas.

– O senhor vai morrer de frio, assim... E, desculpe-me por dizer isso, *sir*, mas o senhor está com um aspecto muito estranho.

– Sei disso. Mas não tenho um tostão furado no bolso – respondeu, carrancudo.

– Então o senhor e o patrão... – o homem não terminou a frase.

– Se houve uma briga? Houve, sim, e vai durar pelo resto das nossas vidas... – o jovem soltou uma risada amarga.

– E para onde o senhor está indo agora?

– A parte alguma! Vou procurar o abrigo da pedra mais macia ou de uma arcada.

– Venha comigo, senhorzinho Graham. Estamos nos mudando, mas há um fogo na lareira e será melhor conversar sem essa chuva.

— Ir com você? Claro que sim! — exclamou o jovem.

Os dois caminharam na direção da casa que ele havia observado ao passar.

A construção era muito velha, mas ainda digna. O amplo vestíbulo, o piso de carvalho e as portas de mogno testemunhavam a riqueza do proprietário original.

— Vamos para o andar superior, *sir*. Está frio aqui, com as portas escancaradas.

— A casa é toda sua, William? — perguntou surpreso o rapaz.

— Sim. E estou saindo muito contrariado. É minha mulher que não gosta daqui.

Graham olhou o vasto salão, enquanto William ativava as brasas da lareira. Reparou nas quatro amplas janelas. Não restara nenhuma mobília, além de um banco comprido ao lado da lareira revestida de azulejos e de um console de mármore negro, com um espelho em cima, do lado oposto a esta. Deixou-se cair exausto no banco.

— Quer passar a noite aqui? — ofereceu William. — Só amanhã vou entregar a chave ao proprietário. Posso buscar carvão e aumentar o fogo. Preciso antes dar um pulo em casa, mas é aqui perto. Voltarei o mais rápido que puder.

— Obrigado. Você sempre foi bom pra mim — agradeceu o rapaz, esticando as mãos para as brasas da lareira e olhando em torno, satisfeito. — Estou com uma fome doida, William. Daria para você trazer algo para eu comer?

— A essa hora, só consigo um sanduíche de pão com queijo — disse o homem.

– Pão com queijo, hum, isso soa como um banquete!

A única resposta de William foi se arremessar porta afora.

Quando voltou, trazia também um cobertor, que colocou sobre o banco.

– Não gosto nem um pouco de deixá-lo aqui sozinho, mas não tenho outro jeito. Sou guarda noturno e preciso me apresentar à meia-noite – disse.

– Eu vou ficar bem. Mas antes, diga-me como conseguiu uma casa tão grande.

– O proprietário me contratou para tomar conta dela, mas minha mulher cismou de não gostar daqui.

– Por quê?

– Ela se sentia muito sozinha com as crianças – respondeu ele, virando a cabeça para o outro lado. – Agora, *sir*, preciso ir embora. Amanhã cedo eu volto.

E logo Graham Coulton se viu sozinho na velha casa da alameda Vauxhall.

II

Deitado no banco, com o fogo extinto e a sala em total escuridão, o jovem teve um sonho curioso.

Uma figura feminina estava sentada do outro lado da lareira, ocupada em tirar alguma coisa do colo e novamente deixá-la cair, num gesto inquieto. Ao ouvir o suave som de moedas que se roçavam, soube o que ela estava fazendo.

Virou-se um pouco e viu que ela era tão velha e enrugada que mais parecia uma bruxa. Suas roupas eram pobres e esfarrapadas. Um chapéu sobre o cabelo branco e ralo lhe cobria parte do rosto, de faces encovadas e nariz curvo. Os dedos pareciam garras, quando mergulhavam na pilha de moedas, levantando-as para em seguida espalhá-las melancolicamente, dizendo com uma voz cheia de angústia:

– Ah, minha vida perdida... Se eu pudesse ter de volta um dia, uma única hora da minha vida!

Nisso, desanimadas figuras de velhos curvados, crianças famintas e mulheres alquebradas surgiram do canto da sala que estava na sombra e se aglomeraram em torno da mulher, pálidos e tristes vultos pedindo socorro, implorando mudamente por uma ajuda, mas a velha recusava. De repente, com um grito terrível, ela ergueu os braços magros acima da cabeça e afundou até desaparecer no ouro que transbordou do seu colo, espalhando-se pelo chão e rolando até seu brilho desaparecer na escuridão.

Nesse momento, Graham acordou, molhado de suor. Sentia um medo e uma angústia como nunca tinha sentido em toda a sua vida. Ficou um tempo pensando naquilo e voltou para o mundo dos sonhos.

A visão reapareceu, e ele continuou olhando a bruxa. Ela agora caminhava lentamente, comendo uma casca de pão velho; ela, que poderia comprar as mais finas iguarias... Na lareira, um homem vestido à moda antiga a contemplava, e Graham podia garantir que ele era um antepassado dela e estava aborrecido porque sua casa estava sendo usada por uma pessoa tão indigna, contaminada com a imperfeição mais lastimável que a humanidade conhece – todas as outras imperfeições parecem ser ligadas à carne, mas a ganância da avareza corrói a própria alma.

Nisso, outro fantasma apareceu. Era um homem também. E mesmo sendo a mulher uma pessoa tão suja, com um aspecto tão repulsivo e o coração tão duro, Graham viu quando ele tomou-lhe a mão e pediu ajuda. O rapaz não entendia o que falavam, mas adivinhava algumas palavras e captava o sentido da conversa. O fantasma parecia lembrar a ela o tempo em que tinham sido irmãos e se davam bem, mas foi tudo em vão. Um diamante teria sido menos insensível. Nesse momento, a figura que estava de pé junto à lareira se transformou em um anjo e dobrou tristemente as asas sobre o rosto. O segundo fantasma também se retirou, de cabeça baixa.

O cenário voltou a mudar. Era noite, novamente, e a avarenta andava pela casa. Graham viu-a subir os degraus com esforço, um por um. Ela havia envelhecido de uma estranha maneira. Fascinado, o sonhador acompanhava o lento avanço daquela mulher fraca e acabada em direção à escuridão da noite que reinava no andar de cima.

Ele viu o miserável quarto onde ela entrou. Distinguiu a figura dela, encolhida na cama. Aproximou-se. Que aspecto terrível ela tinha, agarrada ao seu ouro...!

Enquanto olhava, o jovem ouviu passadas furtivas na escada. Um homem se insinuou no salão, seguido de outro. Em alguns segundos eles estavam ao lado da cama, e em seus olhos se lia um assassinato.

Graham Coulton tentou gritar, tentou se mexer, mas a força inibidora dos sonhos amarrava sua língua e paralisava seus membros. Ele podia ver e ouvir, mas não podia interferir. E foi assim que, acordando subitamente, a mulher olhou para o homem à sua frente apenas para receber um golpe dele, seguido de outro do companheiro, que lhe cravou uma faca no peito.

Com um grito gorgolejante ela caiu de volta na cama e, nesse mesmo instante, também com um grito, Graham Coulton acordou outra vez e agradeceu aos céus por aquilo não ter sido mais do que ilusão.

III

William entrou no quarto junto com a bela luz da manhã, e o jovem contou:

— Tive um sonho extraordinário. Uma velha ficava aparecendo o tempo todo e eu vi quando ela foi assassinada.

— Verdade, *sir*? — William parecia nervoso.

— Verdade. Mas agora já passou. Já me lavei e estou tão fresco quanto uma flor. E com uma fome danada!

— Trouxe uma chaleira para fazer um café — disse William. — Imagino que o senhor vá voltar para casa hoje.

— Casa! — repetiu o jovem. — Claro que não! Só volto lá quando tiver uma medalha no peito ou uma perna amputada. Refleti muito essa noite. Vou me alistar, William. Vivo ou morto, só assim meu pai nunca mais me chamará de covarde.

— Tenho certeza de que o almirante jamais pensou no senhor assim... Eu lhe peço: não faça nada só porque está com raiva. Se quiser, fique aqui mais um dia ou dois. Tenho certeza de que o proprietário não se oporá.

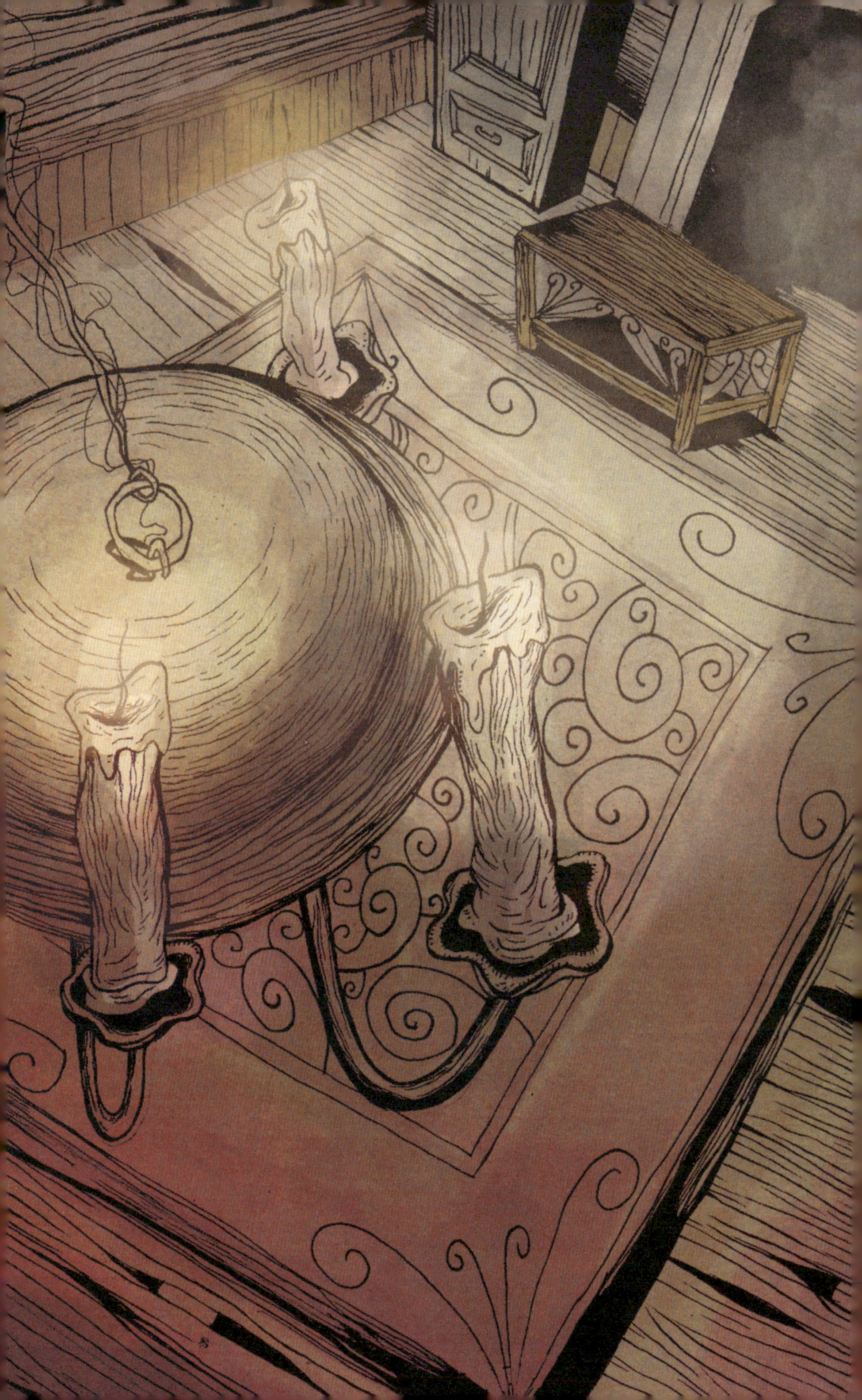

— Ele vai pedir um aluguel alto por uma casa como esta!

— Eu não quis dizer ontem à noite, *sir*, mas houve um assassinato aqui e, desde então, as pessoas evitam a casa.

— Um assassinato! Que tipo de assassinato? Quem foi assassinado?

— A irmã do proprietário. Ela morava aqui sozinha e parece que tinha dinheiro. Foi encontrada morta com uma facada no peito, mas o dinheiro nunca apareceu.

— Foi por isso que a sua mulher não quis ficar aqui, William? – perguntou o jovem, inclinando-se contra a lareira e olhando pensativo para o outro.

— Foi, *sir*. Ela ficou tão magra e nervosa... Dizia ouvir passos e vozes. As crianças contavam que viam uma velha sentada ao lado da lareira.

— Não encontraram os assassinos? – perguntou Graham.

— Não, *sir*. O senhor Tynan, irmão dela, chegou a ser considerado suspeito, mas o dinheiro nunca apareceu e as pessoas não sabem o que pensar.

— Hum... – resmungou Graham Coulton, dando voltas pelo apartamento. – Será que eu poderia conhecer esse proprietário?

Tudo foi rapidamente arranjado: Graham escreveu um bilhete, que William entregou; a resposta era um convite para um encontro e, quando Graham voltou, assobiando, quem não entendeu nada foi William!

A juventude é teimosa e confiante, e o novo explorador tinha certeza de que seria bem-sucedido onde os outros tinham fracassado. Durante todo o resto da manhã e a tarde inteira, Graham procurou o tesouro que o senhor Tynan lhe garantiu que nunca tinha sido encontrado. No segundo andar, viu uma porta trancada, mas deixou para lhe dar atenção mais tarde. Examinou a cozinha e o porão com cuidado.

Já eram quase onze horas quando, revirando alguns baús da imensa adega, Graham sentiu subitamente um ar frio nas costas. Ele se voltou e a vela se apagou.

Ele acendeu novamente a vela e examinou bem o porão, fechando a comunicação com o andar térreo, mas não encontrou sinal de qualquer criatura viva.

"É muito esquisito isso", pensou ele, trancando a porta do alto da escada.

Aproveitou para dar mais uma olhada em tudo e, vendo outra vez a porta trancada, pensou que precisava conseguir aquela chave.

Seus olhos vagaram pela sala de estar onde estava morando e ele viu, de pé no vão da porta aberta, a mulher de cabelo branco desgrenhado, usando as mesmas roupas sujas e pobres. Ela ergueu a mão para ele num gesto ameaçador e, então, exatamente quando ele se precipitava na direção dela, algo fantástico aconteceu.

Por trás do grande espelho uma segunda figura feminina deslizou. Ao vê-la, a bruxa se virou e fugiu, lançando gritos agudos, enquanto a outra a perseguia.

Tonto de terror, Graham observou as duas mulheres passando pela porta fechada e correndo até o alto da casa.

Ele precisou de alguns minutos para se recuperar do choque. Examinou os andares superiores com toda a atenção, mas nada encontrou.

Naquela noite, antes de se deitar diante da lareira, o jovem Graham trancou cuidadosamente a porta da sala de estar. Não contente com isso, arrastou um banco pesado e o colocou de tal modo que, mesmo que conseguisse arrombar a fechadura, uma pessoa faria um barulho considerável antes de entrar ali.

Durante um bom tempo, ele ficou acordado, mas acabou caindo no sono. Foi despertado por um ruído que parecia algo se arrastando atrás do revestimento da parede. Ele se ergueu e ficou atento. A mesma velha que havia visto chorando pelo seu ouro estava sentada do outro lado da lareira, que não tinha se apagado completamente. Ela apertava um dedo espectral nos lábios e parecia estar prestando atenção.

Ele também prestou atenção. Na verdade, estava apavorado demais para fazer qualquer outra coisa. Seus dentes batiam uns nos outros, de tanto medo. O farfalhar atrás do revestimento, que o havia acordado, se tornou ainda mais nítido e ele pensou em ratos, mas viu algo que o fez descartar essa ideia: o brilho de uma luz numa fenda da almofada do revestimento, que só poderia vir de uma vela ou lampião.

Tentou se levantar, tentou gritar, mas foi em vão. Desabou e não se lembrou de mais nada, até que a luz cinza do amanhecer se insinuando pela veneziana o despertou.

O jovem investigou a casa minuciosamente, sentou-se diante da lareira e ali deixou-se ficar, pensativo, até que, de repente, apanhou o chapéu e saiu.

Quando voltou, as sombras do anoitecer cobriam as calçadas das ruas. A casa estava terrivelmente lúgubre. O horror daquele silêncio foi se apoderando de Graham. Tudo o que ouvia eram as batidas do próprio coração. Ele sabia que a imagem estava rondando pelas salas desertas, pois, num momento em que se voltou de repente, viu que ela passava do espelho para a lareira e, em seguida, da lareira para o espelho. Ficou gelado. Ele agora a temia. Algo que lhe ocorrera naquele dia o assustava ainda mais.

Finalmente, William chegou, mas o rapaz não lhe contou nada.

William saiu e o jovem trancou a porta pelo lado de fora, descalçou as botas e subiu até o alto da casa, onde entrou pelo sótão e ficou esperando na escuridão.

Passou-se muito tempo antes que ouvisse o mesmo som farfalhante que o havia despertado na noite anterior, seguido de um golpe de ar frio e passadas cautelosas, que por sua vez foram seguidas da abertura silenciosa de uma porta no andar inferior.

A ação demorou menos tempo do que o exigido para narrá-la. Num minuto, o jovem estava no patamar e tinha fechado uma parte do lambril da parede que estava aberto. Arrastando-se de volta até a janela do sótão, levantou um trinco, provocando um estrondo que ecoou pelas ruas desertas. Ele, então, desceu rapidamente a escada e encontrou um homem, que, passando por ele ainda mais depressa, se dirigia para o andar superior. Ao perceber, porém, que o caminho de fuga estava fechado, o desconhecido voltou correndo, a tempo de encontrar Graham lutando contra seu cúmplice.

— Dê uma facada nele, vamos! — gritou uma voz.

Graham sentiu algo como um ferro quente no ombro e ouviu um baque: um dos homens, em rápida fuga, tropeçou, caindo do alto da escada e se estatelando no chão do andar inferior.

Nesse mesmo instante, houve um barulho ensurdecedor. Mais do que algo se quebrando, era como se a casa inteira estivesse desmoronando.

Nauseado e ensanguentado, o jovem Coulton caiu inconsciente na porta do quarto onde a senhorita Tynan tinha sido assassinada.

Quando voltou a si, um médico examinava a ferida. Através da neblina que lhe turvava os olhos, Graham viu dois homens sendo levados pelos guardas: um, com a cabeça ferida, numa padiola; o outro, algemado, dizendo palavrões horríveis.

— O que foi aquele barulho horrível? — perguntou Graham ao senhor Tynan, sentando-se no chão e apoiando as costas na parede. — Acho que foi na sala de estar.

O dono da casa pegou a chave das mãos do jovem e foi olhar no andar de cima.

Ao abrir a porta, parou, espantado: o espelho tinha se espatifado; o console tinha cedido ao próprio peso; o mármore também estava estilhaçado. Mas o que mais o deixou boquiaberto foram os milhares de moedas de ouro que se espalhavam pelo chão.

***

Naquela noite, Graham foi à casa do pai e lhe disse:

– Vim pedir o seu perdão, *sir*. Minha sorte mudou desde que o deixei.

– Acho que você perdeu o juízo – disse o almirante.

– Não, *sir*. Eu o encontrei. E quero lutar para fazer da minha vida algo melhor do que faria, se não tivesse ido à velha casa da alameda Vauxhall.

E então Graham lhe contou toda a história.

Charlotte Riddell

A escritora irlandesa Charlotte Riddell (1832-1906) publicou diversos textos sob pseudônimos. Com um marido irresponsável, era quem arcava com as despesas domésticas, graças ao sucesso de suas histórias de terror e mistério. Encontros com fantasmas eram, no fundo, um recurso para retratar a realidade social de seu tempo.

O CARRO VIOLETA
Edith Nesbit

Não estou acostumada a escrever nem tenho esse talento, por isso, sinto que, para ser convincente, tenho de ser clara. Quando reflito sobre o que aconteceu, percebo que as palavras simples são as mais adequadas para eu contar a história.

Sou enfermeira e fui enviada a Charlestown para atender um caso de distúrbio mental. Era novembro. Uma neblina densa cobria a cidade de Londres, por isso, meu táxi avançava muito lentamente e eu perdi o trem. Enviei um telegrama para avisar e me sentei na deprimente sala de espera da estação de London Bridge.

Uma criança me ajudou a passar o tempo. A mãe, uma viúva, parecia abalada demais para responder às perguntas da pequena. Sorri para ela, enquanto brincava com uma carteira feita de contas coloridas para chamar a sua atenção. Deu certo.

Sentada, de olhos fechados, a mãe só os abriu quando o trem chegou. Eu me levantei para ir embora, ela me agradeceu e a criança me beijou. Depois, as vi entrando no vagão da primeira classe. Meu bilhete era de terceira.

Eu esperava, claro, que alguém me buscasse na estação, mas ali não havia nem táxis, nem moscas. Já estava escurecendo àquela hora e olhei, entre desesperada e perplexa, a rua pouco movimentada.

A viúva se ofereceu para me levar no seu automóvel, mas, quando eu disse que ia para Charlestown, percebi uma mudança muito estranha na sua face.

– Há algo errado com a casa? – perguntei sem rodeios.

– Oh, não... – ela olhou através da chuva e era como se estivesse me dizendo que havia, sim, uma razão pela qual ela não gostaria de ir até lá.

– Não se preocupe – eu disse. – É muito gentil de sua parte, mas...

– Não há problema algum – ela me interrompeu. – Eu a levarei.

O automóvel chegou. Não entendo nada desses carros motorizados; para mim, ele era igual a uma carruagem. A diferença era que se entrava por trás.

Nós nos ajeitamos nos bancos laterais e ele começou a se mover como se fosse mágica, avançando rápido na escuridão. Mesmo com o barulho alto do motor, eu podia ouvir o vento uivando e a chuva violenta batendo contra as janelas. Não dava para ver nada da paisagem, somente a noite escura e as luzes dos postes à frente.

Depois do que me pareceu um longo tempo, o chofer desceu e abriu um portão, que cruzamos. A estrada se tornou acidentada, mas logo paramos na porta de uma casa.

O carro pulsava como se estivesse respirando, enquanto o chofer pegava a minha bagagem. Estava escuro e eu só conseguia ver as luzes do andar de baixo, mas ela me pareceu grande, cercada de árvores e com um lago ou riacho por perto. Na manhã seguinte, vi que realmente era assim. Nunca consegui explicar como soube disso naquela primeira noite.

O chofer levou a minha bagagem até um caminho de pedra, onde me despedi, agradecendo. O carro continuou pulsando até eu atingir o degrau da entrada, quando, então, respirou fundo, deu a volta e foi embora. Bati na porta e fiquei olhando a luz diminuir como uma estrela distante. Logo quase não se ouvia mais o seu arfar.

Bati novamente, com mais força. Tive certeza de escutar cochichos do outro lado. Havia luzes por detrás das cortinas, mas não havia qualquer outro sinal de vida. Desejei não ter apressado tanto a partida dos meus acompanhantes. Tinha sido boa a companhia humana e a presença grande, sólida e competente de um carro motorizado.

– Olá! Sou a enfermeira! – gritei, batendo de novo.

Uma chave girou e a porta se abriu, mostrando dois rostos.

– Oh, entre, entre... – disse uma voz feminina. – Sou a senhora Eldridge.

– Não sabíamos que havia alguém aí fora... – acrescentou uma voz masculina, que imaginei pertencer ao senhor Eldridge.

Entrei. Ele chamou um criado e os dois carregaram meu baú para cima. A mulher me levou para um quarto aconchegante e pude vê-la melhor: era pequena, magra e tinha os cabelos, a face e as mãos de um mesmo tom amarelo cinzento.

– Faz tempo que a senhora está doente? – perguntei.

– Não sou eu, mas ele... – respondeu ela, baixinho.

Fora o senhor Robert Eldridge quem havia me contratado para atender à mulher, que, como ele havia dito, estava perturbada.

– Ah, sim... – falei, pensando que nunca se deve contrariar um paciente.

– A razão é... – ela começou, mas parou ao ouvir os passos dele na escada. E saiu, apressada, dizendo que ia buscar velas e água quente.

Ele entrou e fechou a porta. Um homem velho e comum, com uma barba clara.

– Tome conta dela – pediu, gentilmente. – Não quero que ela converse com outras pessoas. Ela fantasia coisas.

– Como assim? – perguntei.

– Ela pensa que sou louco! – contou, com uma risada curta. – Não consegue escutar o que eu escuto, ver o que eu vejo, ou sentir o cheiro de coisas como eu.

Os passos dela o calaram e eu não tive tempo de dizer nada.

Eles foram muito gentis comigo e me trataram como uma visita de honra. Quando a chuva parou, no dia seguinte, e pude sair, vi que Charlestown era uma fazenda grande, embora estivesse descuidada e decadente.

O lugar era muito bonito. Você conhece a região de morros, amplos espaços com muito vento? Os ombros redondos das colinas que se apoiam no céu, os vales onde se abrigam fazendas com suas sedes e árvores em toda à volta? Nos dias de verão, é gostoso se deitar entre a grama curta e o céu claro e pálido, escutando o som delicado dos sinos dos carneiros e o canto da cotovia. Nas tardes de inverno, porém, quando o vento está se levantando para ir trabalhar, cuspindo chuva nos olhos e batendo nas pobres árvores nuas, o melhor é ficar sentado em frente à lareira...

Eu não tinha muito o que fazer, exceto seguir a senhora Eldridge, ajudando-a nos afazeres da casa e me sentando ao seu lado enquanto ela costurava. Depois de alguns dias na casa, comecei a juntar todas as pequenas coisas que notara aqui e ali, e a vida na fazenda me pareceu mais nítida.

Constatei que os dois se queriam muito e que aquele carinho e o modo de demonstrá-lo contava que haviam compartilhado muitas tristezas. Ela não aparentava nenhum sinal de demência, exceto pela sua absoluta certeza de que ele estava doente.

Pela manhã, ambos pareciam animados, mas iam se abatendo com o passar das horas, de modo que, após o almoço, já estavam um pouco deprimidos. Ao anoitecer, saíam juntos para passear. Nunca me convidaram para acompanhá-los e sempre seguiam em direção ao mar. Retornavam pálidos e desanimados. Às vezes, ela chorava sozinha no quarto, enquanto ele se fechava no escritório. Depois do jantar, que era servido cedo, eles se esforçavam para parecer mais alegres. Sabia que faziam esse esforço por minha causa e também que cada um deles pensava que aquilo seria bom para o outro. Era visível que viviam com medo.

Eu já começara a gostar deles e os via como pessoas comuns, daquele tipo que coleciona alegrias simples e honestas, sem maiores sofrimentos na vida. Parecia que eles pertenciam à terra, ao morro, aos bosques e aos velhos pastos do lugar e eu também desejei pertencer a tudo aquilo, ser a filha de um fazendeiro, ser como eles. Todo o esforço e a tensão dos exames, da faculdade e do hospital pareciam tão fúteis, comparados com os segredos da vida do campo...

Em fevereiro, os flocos de neve já estavam grossos, quando eu disse a ela:

— Não posso mais ficar. A senhora está muito bem.

— Estou, sim — ela confirmou.

— Os dois estão muito bem — corrigi. — Não posso tomar o dinheiro de vocês sem fazer nada.

— Você não sabe o quanto está nos ajudando... — ela fez uma pausa, suspirou e contou: — Sabe, tivemos uma filha. Ele nunca foi o mesmo, desde então.

— Como assim?

— Não aqui — disse ela, apontando com a cabeça.

— Não entendi... Querida senhora Eldridge, conte-me tudo. Talvez eu possa ajudar.

— Ele vê coisas que ninguém vê, ouve coisas que ninguém ouve e cheira coisas que você não consegue cheirar, mesmo estando ao lado dele — ela explicou.

Lembrei-me do que ele me dissera no dia da minha chegada e perguntei:

— Tem alguma ideia do motivo?

Ela pegou no meu braço e contou:

– Foi depois que a nossa Bessie morreu. No mesmo dia em que ela foi enterrada. Disseram que foi um acidente. O automóvel que a atropelou estava na estrada de Brighton. Sua cor era violeta. Usa-se violeta para os enterros das rainhas, não é mesmo? Minha Bessie era uma rainha. Então, o carro era violeta.

Convenci-me, naquele momento, de que ela não estava bem, e entendi tudo: o sofrimento tinha mexido com o seu cérebro. Deve ter havido uma mudança no meu olhar, porque ela falou, de repente:

– Não direi mais nada.

Então ele apareceu. Ele nunca me deixava sozinha com ela por muito tempo, e ela agia da mesma maneira em relação a ele.

***

Eu realmente não tinha a intenção de espioná-los. Foi por acaso.

Fui à vila comprar seda azul para a blusa que estava fazendo e um crepúsculo majestoso me fez prolongar o passeio. Quando me dei conta, estava no alto do morro. Pensava na minha própria vida e nem reparei por qual caminho passava, apenas seguia em direção ao mar. Logo a estrada acabou por se juntar à relva e cheguei ao declive que dava num penhasco. Voltei para a estrada, que se definia novamente, margeada por uma cerca viva. Escutei suas vozes antes de vê-los e antes de eles me verem.

– Não, não, não! – disse ela.

– Você não consegue escutar um barulho ofegante, logo ali no penhasco?

– Não há nada, querido... – ela assegurou. – De verdade. Não há nada.

– Você é surda e cega. Afaste-se! Estou lhe avisando: ele está perto de nós.

Dobrei a curva do caminho e vi quando ele pegou no braço dela e atirou-a contra a cerca viva, como se o perigo que ele tanto temia estivesse realmente perto.

Eles não tinham me visto. Ela olhava para ele com amor e pena. Já o rosto dele era uma máscara de terror. Seus olhos se moviam como se seguissem alguma coisa na alameda abaixo. Era algo que nem eu nem ela podíamos ver. No momento seguinte, ele estava agachado, pressionando o corpo contra a cerca, as mãos escondendo o rosto. Seu corpo tremia tanto que eu conseguia ver isso de onde me encontrava.

– Vamos para casa, querido – disse ela, abraçando-o. – É tudo fruto da sua imaginação. Venha para casa com a sua velha esposa que o ama.

Ele obedeceu.

No dia seguinte, pedi para ela ir ao meu quarto para ver a nova blusa azul e aproveitei para lhe contar que tinha visto e escutado o que acontecera.

– Agora eu sei qual dos dois necessita de cuidados – concluí.

Para minha surpresa, ela perguntou, ansiosa:

– Quem?

– Ele, é claro. Não havia nada lá.

Ela se sentou na poltrona perto da janela e começou a chorar.

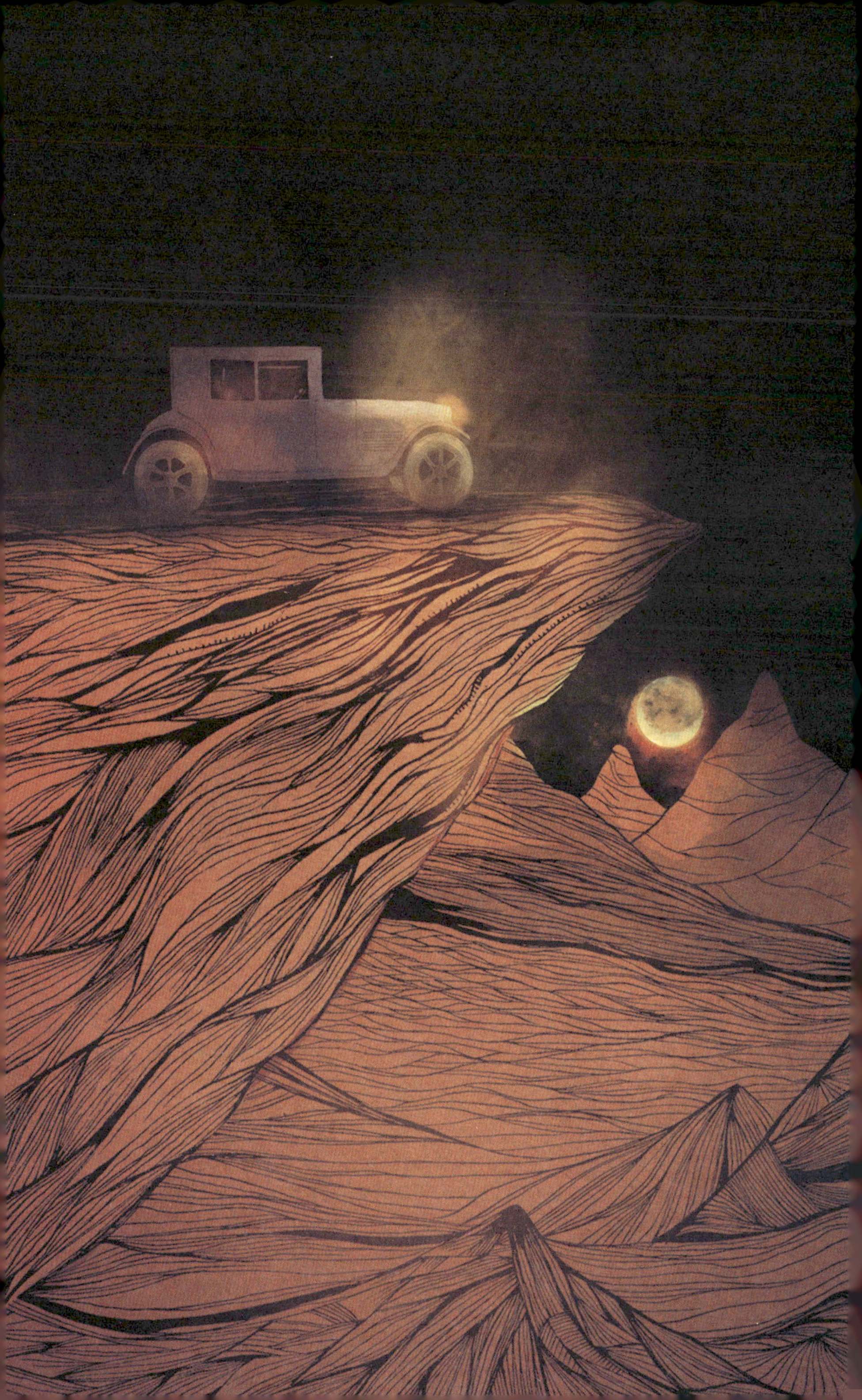

— É bom saber disso — disse, por fim. — Muitas vezes me perguntei se, no final das contas, não sou eu a louca, como ele afirma... Não havia nada lá, não é mesmo? Não havia nada, nem nunca houve.

Confirmei com a cabeça e ela continuou:

— Esse pavor o acomete uma vez por dia. É melhor que seja ele. Eu consigo lidar com a situação. Agora posso cuidar dele como sempre fiz.

Abracei-a e pedi:

— Por favor, me conte do que ele tem medo e o que acontece todos os dias...

— Está bem. É bom colocar essas coisas para fora. Foi um carro violeta que matou a nossa Bessie e meu marido acha que o vê, todos os dias, na alameda. Ele diz que o escuta chegar e até sente o seu cheiro. Foi Robert quem a tomou nos braços, depois que o carro violeta a atropelou. Eu só a vi quando ele a trouxe para dentro de casa, mas ele a viu desde o momento que a deixaram lá, jogada na poeira.

— Eles não voltaram?

— Ah, sim, voltaram. Mas Bessie não voltou. E houve justiça. Na mesma noite do funeral, aquele carro violeta despencou no penhasco com todas as almas dentro dele. Era o marido da mulher que trouxe você à nossa casa naquela primeira noite.

— Surpreende-me que ela ande de carro depois disso... — comentei.

— Ah, eles estão acostumados — exclamou a senhora Eldridge. Nós não paramos de andar porque a nossa filha foi morta na estrada. O carro é algo tão natural para eles como caminhar é para nós. Agora, com licença. Meu pobre marido está me chamando.

E saiu tão apressada que escorregou na escada e torceu o tornozelo. Sentei-a no sofá e, enquanto eu cuidava do pé machucado, ela olhou para ele. O marido estava de pé, sem decidir se saía ou esperava. Olhava pela janela, o boné na mão. Ela sugeriu:

– Robert precisa caminhar. Vá com ele, querida. O ar puro lhe fará bem.

Obedeci e seguimos pela estrada em silêncio. Na mesma curva do caminho, ele parou de repente, pegou meu braço e me puxou para trás. Seus olhos seguiam algo que eu não podia ver. Então, ele soltou a respiração que prendia e disse:

– Pensei que tivesse escutado um motor se aproximando.

Ele tinha dificuldade em controlar o seu medo, e achei melhor voltar para casa.

O entorse era grave e a senhora Eldridge teve de ficar em repouso. No dia seguinte, eu acompanhei o senhor Eldridge até a alameda. Ele nem tentou esconder o que sentia.

– Ali, escute! Com certeza, você pode ouvir, não é?

Não escutei nada, mas ele gritou, de repente:

– Afaste-se! – e me pressionou contra a cerca viva, fazendo o mesmo com o próprio corpo. Seus olhos seguiam algo invisível para os meus.

– Isso ainda vai me matar! – exclamou. – Se não fosse por ela, eu nem me importaria!

— Por favor, conte-me tudo — pedi, delicadamente.

— Eu jamais diria isso a ela — ele explicou. — Mas posso contar para você, sem perder a minha alma, mais do que já está perdida. Você ouviu falar do carro violeta que caiu do penhasco? — fiz que sim com a cabeça. — Aquele sujeito, o homem que matou a minha filha, era novo aqui. Era de esperar que ele ficasse em casa naquele dia. Mas não. Estava passeando com o seu carro violeta enquanto enterrávamos nossa filha. Ao anoitecer, havia muita neblina, ele se aproximou de mim nessa mesma estrada e perguntou: "Você pode me dizer qual o caminho para Hexman?". Eu queria lhe mostrar o caminho para o inferno e, antes de ter consciência do que dizia, informei: "Siga em frente". E ele foi. Corri atrás, para tentar parar o carro. Mas de que adianta correr atrás desses demônios motorizados? Desde então, todos os dias, o carro aparece — o carro de cor violeta que ninguém consegue ver, somente eu — e ele sempre segue em frente e despenca no abismo.

— O senhor tem que ir embora daqui — eu disse, tomando a mão dele. — Está imaginando coisas. Acho que o senhor nunca falou para o carro violeta seguir em frente. É tudo por causa do choque da morte da sua filha. O senhor tem que partir, e logo.

— Não posso! — ele estava sério. — Se eu fosse embora, outra pessoa veria o carro. Alguém tem de vê-lo todos os dias, enquanto eu estiver vivo. E eu sou o único a merecer isso. É terrível! Mais do que você imagina...

Perguntei a ele o que havia de tão terrível com o carro violeta, esperando como resposta que ele falasse no sangue de sua filha respingado, ou algo assim, mas ele apenas repetiu que era terrível demais para contar.

Eu era jovem naquela época, e a juventude sempre crê que pode mover montanhas. Pus na cabeça que ia curá-lo.

Comecei tentando convencê-lo a não ir até àquela curva da alameda na hora habitual.

– Mas, se eu não for, outra pessoa irá! E ela verá o carro! – argumentou.

– Mas não há ninguém lá! – respondi, enérgica.

– Alguém estará lá. Preste atenção: alguém estará lá, e então eles saberão.

– Eu serei esse alguém! – decretei. – O senhor ficará em casa e eu irei. Caso o veja, prometo lhe contar e, se não, bem... então poderei ir embora de consciência limpa.

Por fim, ele consentiu e eu fui.

Sendo uma novata em escrever histórias, talvez não tenha deixado claro o quanto foi difícil para mim ir até lá. Eu me sentia mais uma covarde do que uma heroína. Esse negócio de um carro imaginário, que somente um pobre e velho fazendeiro podia ver, pode parecer algo muito banal para você. Mas não para mim. Estava assustada com o medo que compartilhava a cama e a mesa deles, que se deitava e despertava com eles, o medo que o velho sentia daquilo e o seu medo do medo. Era difícil acreditar que ele fosse louco. Seria muito fácil dizer "Bobagem!", mas pensar "Bobagem!" não era tão fácil, e sentir "Bobagem!", mais difícil ainda.

Segui pelo caminho. Tudo estava muito silencioso. Havia prometido a ele ficar próxima à curva durante cinco minutos.

Me virei e vi que ele havia me seguido: estava a poucos metros de distância, olhando para um carro que se aproximava rapidamente. Antes mesmo de o automóvel chegar até onde ele estava, percebi que seria terrível. Joguei-me contra a cerca, como faria para deixar passar um carro real, mesmo sabendo que aquele não era verdadeiro.

Ele recuou, gritando: "Não! Chega!", e de repente se jogou na frente dele, e as rodas passaram por cima do seu corpo. Vi o horror contido naquilo tudo. Não havia sangue, como eu temia. Sua cor era violeta, como ele havia dito.

Aproximei-me do velho fazendeiro e constatei que ele estava morto. Fui até uma cabana e pedi ajuda a alguns trabalhadores; depois, fui avisar a mulher dele. A primeira coisa inteligível que ela disse foi:

– É melhor para ele. O que quer que tenha feito, pagou por isso agora.

Acho que ela sabia ou suspeitava mais do que ele imaginava.

Permaneci na casa até ela falecer. Você talvez acredite que o senhor Eldridge foi morto por um carro de verdade, que por acaso passava por ali, àquela hora, e coincidentemente era da cor violeta. Bem, um carro de verdade deixa marcas por onde passa, deixa seus traços quando mata. Não havia nenhuma marca ali, nem sangue. O homem não tinha nenhum osso quebrado ou manchas de lama, exceto no lugar onde tocara o chão ao cair. Tampouco havia marca de pneus na lama. O carro que o matou veio e se foi como uma sombra.

O médico disse que ele morreu de parada cardíaca. Sou a única pessoa que sabe que ele foi morto pelo carro violeta, que, depois de matá-lo, seguiu para o mar. E não havia ninguém dentro dele. Era somente um carro violeta passando pela alameda, veloz e vazio.

Edith Nesbit

A inglesa Edith Nesbit (1858-1924) escreveu textos de terror, narrativas românticas, poesia e peças de teatro, mas foram os livros infantis que a tornaram referência na literatura mundial. Em suas histórias, o real e a fantasia se confundem. Influenciou autores como J. K. Rowling, criadora de Harry Potter.

UM FANTASMA
Guy de Maupassant

Era um final de noite agradável na velha mansão da rua de Grenelle e estávamos conversando sobre fantasmas, assombrações e casos jurídicos recentes. Cada uma das visitas tinha uma história para contar. Histórias verdadeiras, conforme todos afirmavam. Então o velho Marquês de la Tour-Samuel se ergueu e, encostado na beirada da lareira, contou a seguinte história, com a voz trêmula:

"Presenciei algo muito estranho, tão estranho que se tornou o pesadelo da minha vida. Aconteceu há cinquenta e seis anos, mas não se passa um mês sem que apareça de novo nos meus sonhos. Desde aquele dia, carrego uma marca: o carimbo do medo. Sons inesperados fazem gelar meu coração. Objetos que não consigo distinguir nas sombras do crepúsculo fazem com que eu queira fugir. Sinto que um pavor constante ficou guardado na minha alma.

Agora, aos oitenta e dois anos de idade, posso contar tudo. Esse caso mexeu tanto comigo, me trouxe uma perturbação tão grande e misteriosa, que nunca o contei a ninguém. Guardei-o dentro de mim, naquele canto onde guardamos nossos segredos mais tristes ou vergonhosos, algo como uma fraqueza que não deve ver a luz.

Vou contar tudo como aconteceu, sem tentar esclarecer nada. Ouçam.

Era o mês de julho de 1827. Eu estava alojado com o meu regimento em Rouen e passeava pelo cais, quando um homem cruzou comigo. Percebi que o conhecia, embora não soubesse dizer, ao certo, quem ele era. Ele me olhou, parou e se jogou nos meus braços.

Era um grande amigo do passado. Seus cabelos estavam grisalhos e ele parecia ter envelhecido meio século em alguns anos, desde a última vez que eu o tinha visto. Ele percebeu meu assombro e, assim que nos sentamos para conversar, me contou a história de sua vida.

Ele se apaixonara perdidamente por uma jovem, e os dois se casaram como num sonho. Depois de um ano da mais pura felicidade, ela sofreu uma parada cardíaca e morreu. Morreu de amor, sem dúvida. Ele deixou o campo no mesmo dia do funeral e foi morar num hotel em Rouen, onde permaneceu, solitário e desesperado, corroído pelas lembranças, quando então nos encontramos.

Ele me pediu um favor: 'Vá à minha casa de campo e traga alguns papéis para mim. Eles estão na escrivaninha do meu quarto, ahn, do nosso quarto. Peço-lhe que guarde segredo absoluto. Eu lhe darei a chave do quarto e da escrivaninha, que eu mesmo tranquei cuidadosamente antes de sair. Escreverei um bilhete para o jardineiro, avisando da sua missão. Venha tomar o desjejum comigo amanhã cedo e discutiremos o assunto'.

Prometi ajudá-lo. Seria um passeio agradável. A cavalo demoraria pouco mais de uma hora. Assim, fui ao hotel, tomamos café juntos e ele não pronunciou mais do que vinte palavras. A ideia de que eu ia visitar o lugar onde sua felicidade jazia destroçada o entristecia profundamente, explicou, desculpando-se. E, realmente, parecia muito perturbado, como se uma batalha misteriosa estivesse sendo travada em sua alma.

Minha tarefa era muito simples: teria de buscar dois pacotes de cartas e outro de papéis, que estavam trancados na primeira gaveta à direita da escrivaninha. E acrescentou: 'Creio não ser necessário pedir que não olhe o conteúdo'.

Suas palavras me feriram e eu disse isso de uma forma um tanto ríspida.

Ele gaguejou: 'Perdoe-me. Eu sofro tanto...'. E lágrimas brotaram de seus olhos.

O dia estava radiante quando parti e galopei pela campina, escutando o canto da cotovia e a batida rítmica da minha espada nas botas de cavalgar. Ao entrar na floresta, desacelerei o passo. Os galhos das árvores acariciavam suavemente a minha face e, de quando em quando, eu agarrava uma folha com os dentes e a mordia com avidez, alegre com a vida, sem razão aparente. Sentia uma felicidade quase indescritível, como uma força mágica.

Quando me aproximei da casa, peguei o bilhete destinado ao jardineiro e notei, para minha surpresa, que o envelope estava lacrado. Fiquei tão irritado que quase virei as costas, pronto para retornar, mas reconsiderei, pensando que meu amigo certamente tinha feito isso sem perceber.

A casa de campo era bonita, mas parecia abandonada. O portão, escancarado e enferrujado, não se sabe como ainda estava de pé. A grama cobria os caminhos. Os canteiros de flores não se distinguiam da relva. Ao escutar os cascos do cavalo, um velho saiu de uma porta lateral, surpreso. Desapeei e lhe entreguei a carta.

Ele leu uma, duas vezes, e olhou de novo para mim, desconfiado. Perguntou: 'Bem, o que o senhor quer?'. Respondi rispidamente: 'Você não leu as ordens do seu patrão? Quero entrar na casa!'. Perturbado, ele disse: 'O senhor vai entrar... no quarto... dele?'. Eu já estava ficando impaciente e falei: 'Claro que sim!'. Ele gaguejou: 'É que... ele não foi aberto desde... o senhor sabe... desde a morte dela. Por favor, espere...'. Eu o interrompi: 'Está zombando de mim? Você não pode entrar no quarto, pois só eu tenho a chave!'. Ele não sabia mais o que dizer e gaguejou apenas: 'Vou lhe mostrar o caminho'. Respondi: 'Posso chegar até lá sem a sua ajuda!'. E, afastando-o bruscamente, entrei na casa.

Passei pela cozinha, depois atravessei dois pequenos cômodos ocupados pelo homem e sua esposa, chegando a um hall espaçoso. Subi as escadas e reconheci a porta descrita pelo meu amigo. Abri-a com facilidade e entrei. O quarto estava muito escuro e eu não conseguia distinguir nada. Parei um instante, retido pelo cheiro de mofo, e logo meus olhos se acostumaram com a escuridão e eu distingui claramente um quarto grande e desarrumado. Havia uma cama com colchão sem lençóis e travesseiros; um deles estava afundado, como se algo estivesse descansando ali, naquele mesmo instante. Notei que uma porta, provavelmente a que dava para o closet, estava entreaberta.

Fui abrir as janelas, mas as dobradiças das venezianas estavam tão enferrujadas que não consegui soltá-las. Tentei até quebrá-las com a minha espada, mas tampouco deu certo. Todas essas tentativas em vão me deixaram frustrado e, desistindo da claridade, me dirigi à escrivaninha.

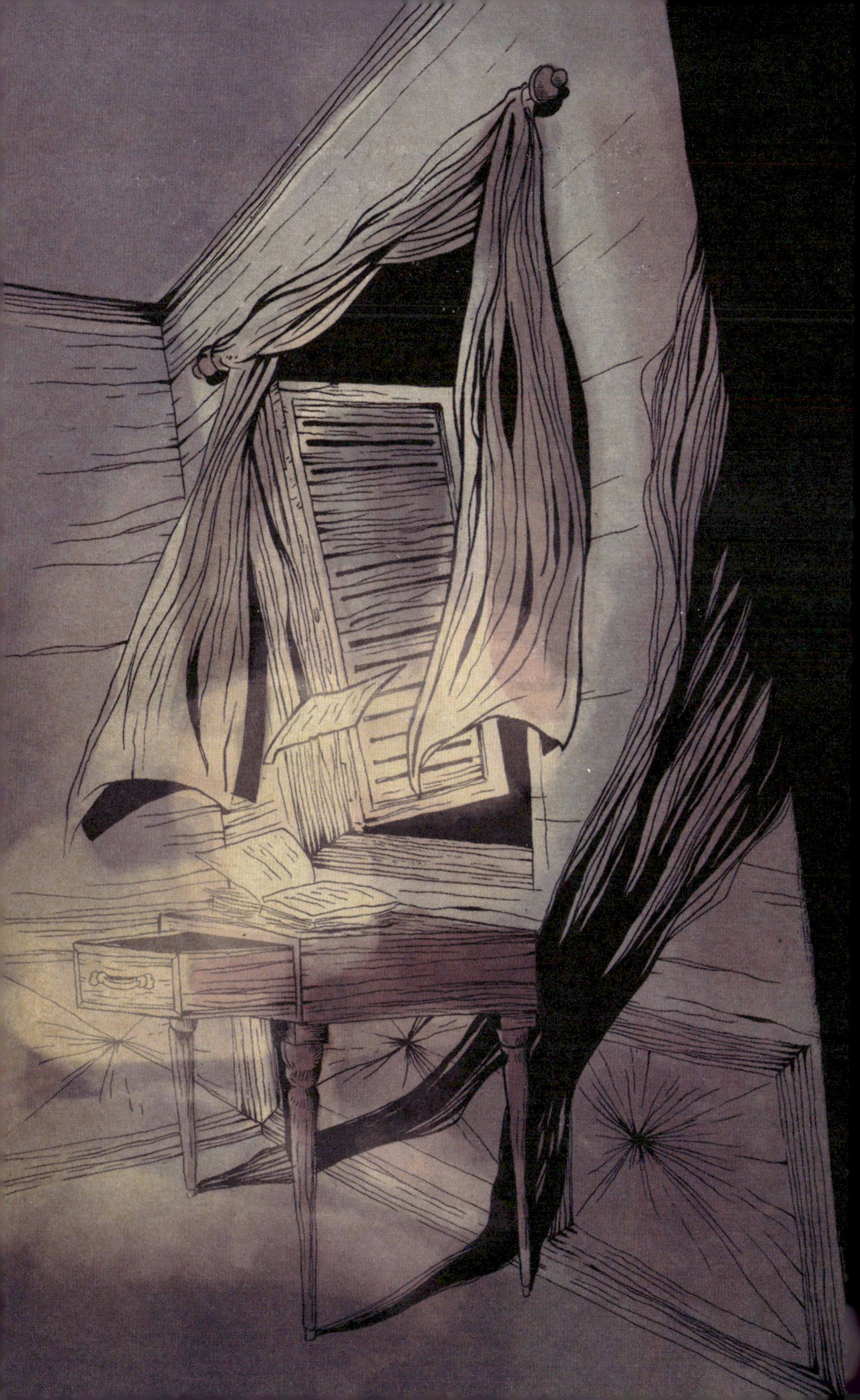

Sentei-me numa poltrona e abri uma gaveta. Estava cheia até o topo. Eu buscava três pacotes e saberia reconhecê-los, por isso, comecei imediatamente a busca.

Forçava meus olhos para decifrar as inscrições, quando pensei ouvir, ou melhor, senti algo como um sussurro atrás de mim. Não liguei, imaginando que uma corrente de ar tivesse levantado alguma cortina. Mas, um minuto depois, outro movimento quase imperceptível fez com que eu sentisse um desagradável arrepio na pele. Eu acabara de localizar o segundo pacote e já ia alcançar o terceiro, quando um suspiro pesaroso, perto dos meus ombros, fez com que eu saltasse dois metros para trás. Virei-me, pondo a mão no cabo da minha espada e, se não o tivesse sentido, teria fugido como um covarde.

Uma mulher alta, vestida de branco, me olhava, de pé atrás da cadeira onde eu estivera sentado.

Eu tremia tanto que quase caí para trás! Somente quem já sentiu algo assim pode entender esses terrores ridículos, mas medonhos! A alma derrete; o coração parece que vai parar de bater; todo o corpo fica mole como uma esponja. Não acredito em fantasmas, mas fui vencido pelo medo. E eu sofri, oh, sofri mais naqueles poucos minutos com a angústia irresistível do pavor sobrenatural do que em todo o resto de minha vida!

Então, ela falou. Quase desmaiei ao som da voz dela, suave e melancólica, que deixou meus nervos à flor da pele. Eu não sabia o que fazer, mas meu orgulho militar me ajudou a manter as aparências. Estava posando, posando para mim mesmo e para ela. Ela, o que quer que fosse, mulher ou fantasma. Isso tudo concluí depois. Na hora da aparição, não conseguia pensar em nada. Sentia apenas medo.

Ela disse: 'O senhor pode me ajudar?'. Eu quis responder, mas fui incapaz de pronunciar uma só palavra. Ela continuou: 'Pode me ajudar? Sofro terrivelmente. Oh, como sofro...!'. E ela se sentou na minha cadeira, e olhou para mim: 'Pode ser?'. Concordei com a cabeça, ainda paralisado. Não sabia o que ela queria, mas ela me deu um pente e murmurou: 'Penteie o meu cabelo! Por favor, isso vai me curar. Veja a minha cabeça... Como sofro! E meu cabelo... Como dói!'.

Longo e escuro, seu cabelo estava estendido sobre o assento da cadeira e chegava a tocar o chão.

Por que eu, tremendo, aceitei o pente? E por que peguei os cabelos dela nas minhas mãos, deixando na minha pele a horripilante sensação de frio, como se estivesse tocando serpentes? Não sei.

Aquela sensação ainda está grudada nos meus dedos, e tremo só de me lembrar. Mas penteei os cabelos dela. Não sei como segurei aqueles cabelos de gelo, amarrei-os e desamarrei-os, depois trancei-os. Ela suspirava, a cabeça inclinada, e parecia contente. De repente, agradeceu e, pegando o pente das minhas mãos, saiu do quarto pela porta, que ainda notei, estava meio aberta.

Assim que fiquei sozinho, tive, por alguns segundos, a sensação de ter acordado de um pesadelo. Aos poucos, consegui me recuperar. Corri para a janela e, desta vez, quebrei a veneziana com a minha fúria. Um feixe de luz entrou. Corri para a porta por onde ela tinha passado: estava trancada. Então, um desejo de fuga se apossou de mim, um pavor, um verdadeiro pânico de batalha. Agarrei, rapidamente, os três pacotes sobre a escrivaninha, atravessei o quarto correndo e desci a escada, quatro degraus por vez. Não sei como cheguei lá fora e, vendo meu cavalo ali perto, montei nele num salto só. Fui embora galopando velozmente.

Não parei até chegar a Rouen e depois em casa. Corri para o meu quarto e me tranquei lá dentro para poder pensar melhor. Depois de um tempo, comecei a me perguntar se não tinha sido vítima de uma alucinação. Com certeza, devia ter tido um desses choques nervosos, uma dessas desordens cerebrais que dão origem a milagres, e à força do sobrenatural. Quase chegara à conclusão de que ela era uma visão, uma ilusão dos meus sentidos, quando me aproximei da janela. Por acaso, meu olhar desceu e vi minha roupa cheia de cabelos, cabelos femininos longos, que se emaranharam nos botões. Com os dedos tremendo, desenrolei todos os fios, jogando-os pela janela.

Em seguida, chamei um subalterno. Estava transtornado demais para ver meu amigo naquele dia. Além do mais, precisava pensar no que lhe diria.

As cartas foram entregues. Ele passou um recibo. Perguntou de mim e soube que eu não estava bem; era insolação ou algo parecido, esclareceu o rapaz.

Fui visitar meu amigo no dia seguinte, bem cedinho, disposto a lhe contar a verdade. Ele tinha saído na noite anterior e ainda não retornara. Voltei mais tarde, no mesmo dia, com o mesmo resultado. Esperei uma semana e ele continuava sumido. Comuniquei à polícia. Procuraram-no por toda a parte, mas não conseguiram encontrar nenhum rastro de sua passagem ou estadia. Uma busca foi feita na casa abandonada. Nada de suspeito foi encontrado. Não havia nenhum sinal de que uma mulher tivesse se escondido ali. O inquérito não deu em nada e pararam de buscar. Em cinquenta e seis anos não fiquei sabendo mais nada sobre esse caso e jamais descobri a verdade, se é que existe alguma."

Guy de Maupassant

O francês Guy de Maupassant (1850-1893) é um dos grandes contistas de todos os tempos. Observador atento da realidade, produziu textos leves sobre o cotidiano de pessoas comuns e outros mais densos sobre a condição humana e as desigualdades sociais. O lado sobrenatural da vida aparece em narrativas como a deste livro.

A SENHORITA DE SCUDERI

E. T. A. Hoffmann

Paris, outono de 1680.

Já passava da meia-noite, quando Martiniere, a dama de companhia da senhorita Madeleine de Scuderi, renomada escritora e poeta, amiga do rei Luís XIV, escutou fortes batidas na porta da casa.

– Pelo amor de Deus, abra! – gritava uma voz masculina. – Pelo amor de Deus!

Ela hesitou. Alguns criados tinham saído e outros já tinham se recolhido. Receosa de que alguma coisa ruim tivesse acontecido, e diante da insistência dos gritos implorando pressa, ela acabou criando coragem. Pegou o castiçal e, dirigindo-se a uma janela, abriu-a.

Sob o brilho dos raios do luar rompendo as nuvens, Martiniere viu uma figura comprida, envolta em um casaco cinza-claro, o rosto escondido debaixo de um chapéu largo.

– Por favor, abra a porta para mim. Tenho de falar com a senhorita de Scuderi imediatamente. Não tema. Sou apenas um pobre infeliz, abandonado por todos, perseguido, pressionado...

O homem falava e chorava ao mesmo tempo. Sua voz suave e penetrante sugeria que ele era jovem.

Movida por um sentimento de piedade, a dama de companhia abriu a porta.

Nesse momento, o homem passou por ela, empurrando-a selvagemente, enquanto ordenava:

— Leve-me até sua senhora!

A mulher ergueu o castiçal e pôde ver que ele estava pálido e desfigurado. Mas ele assustou-a, porque abriu o casaco e puxou uma faca, acrescentando:

— Agora!

Ela, no entanto, não se deixou intimidar. Entregou a alma a Deus e foi firme, quando disse:

— Não tenho medo de você. E digo também que você não deveria ter entrado nesta casa. Fui levada por um sentimento de pena, mas me arrependo. Agora, vá embora. Você não vai poder ver a minha senhora. Ela está dormindo.

O homem desmoronou. Abaixando os braços, impotente, sussurrou:

— Sei que pareço um ladrãozinho barato ou mesmo um assassino. Mas sou apenas um homem desesperado!

Um barulho de armas misturado ao de cascos de cavalos batendo no chão assustou o intruso. Ele apagou a vela do castiçal e colocou uma caixa na mão da mulher, dizendo:

— Está bem! Mas entregue isso para ela ainda hoje! É questão de vida ou morte!

E sumiu na escuridão.

***

Paris era uma cidade perigosa, naquela época. Roubos, crimes e assassinatos em série estavam deixando a população em pânico. Joias recém-adquiridas eram furtadas. Aqueles que se atreviam a sair às ruas com seus tesouros, sobretudo à noite, eram roubados ou até mesmo assassinados. Os que sobreviviam ao ataque lembravam-se de terem levado uma pancada na cabeça e acordado num lugar totalmente distinto de onde haviam caído. E os mortos, que jaziam pelas ruas, tinham sempre a mesma característica: uma punhalada no coração.

Qual nobre não tinha, naquela época, uma amante que costumava visitar na calada da noite, levando uma joia de presente?

Os bandidos pareciam saber exatamente quando e onde essas pessoas se encontravam.

E atacavam.

Certa noite, o policial Desgrais, que fazia a ronda na cidade, viu de longe como um marquês foi apunhalado por uma figura misteriosa, nos arredores do Louvre. Desesperado, correu atrás do assassino, mas, quando estava a menos de quinze passos dele, a figura sumiu, do nada, através de um muro. Desgrais se aproximou, examinou o local, mas não encontrou nenhum tipo de abertura. Menos ainda uma janela ou porta.

– Só pode ser o diabo em pessoa que está por trás disso tudo! – concluiu.

A notícia se espalhou pela cidade. A partir daí, quando precisavam sair, as pessoas levavam consigo um amuleto de proteção. E aos amantes foram roubadas as alegrias do amor.

A situação estava tão dramática que as autoridades policiais resolveram pedir ajuda ao rei. Naquele momento, a senhorita de Scuderi também se encontrava presente, e Luís XIV quis saber a opinião dela.

– Um amante que tem medo de ladrão não é digno do amor – respondeu a poeta, prontamente.

O Rei Sol se encantou com aquela resposta divertida. Não fazia muito tempo, inocentes tinham sido executados nos casos de mortes em série. Melhor seria esperar um pouco, decidiu o monarca, sem dar mais atenção ao caso.

***

A visita daquele homem misterioso deixou a dama de companhia deveras apreensiva. Com muito receio, entregou a caixa à senhorita de Scuderi e contou o ocorrido.

Ela achou graça:

– Essa é boa! Você está com medo?! Acha que esses assassinos, que sabem tanto quanto você sobre esta casa, e, portanto, têm certeza de que eu não sou rica, vão se importar comigo? Quem iria querer matar uma mulher de setenta e três anos, que nunca perseguiu ninguém a não ser os malfeitores nos seus romances e poemas?

E abriu a caixa.

– Que significa isto? – exclamou, perplexa, a escritora.

Ali estavam várias joias, todas belas e caríssimas: correntes, colares, brincos, anéis, pulseiras...

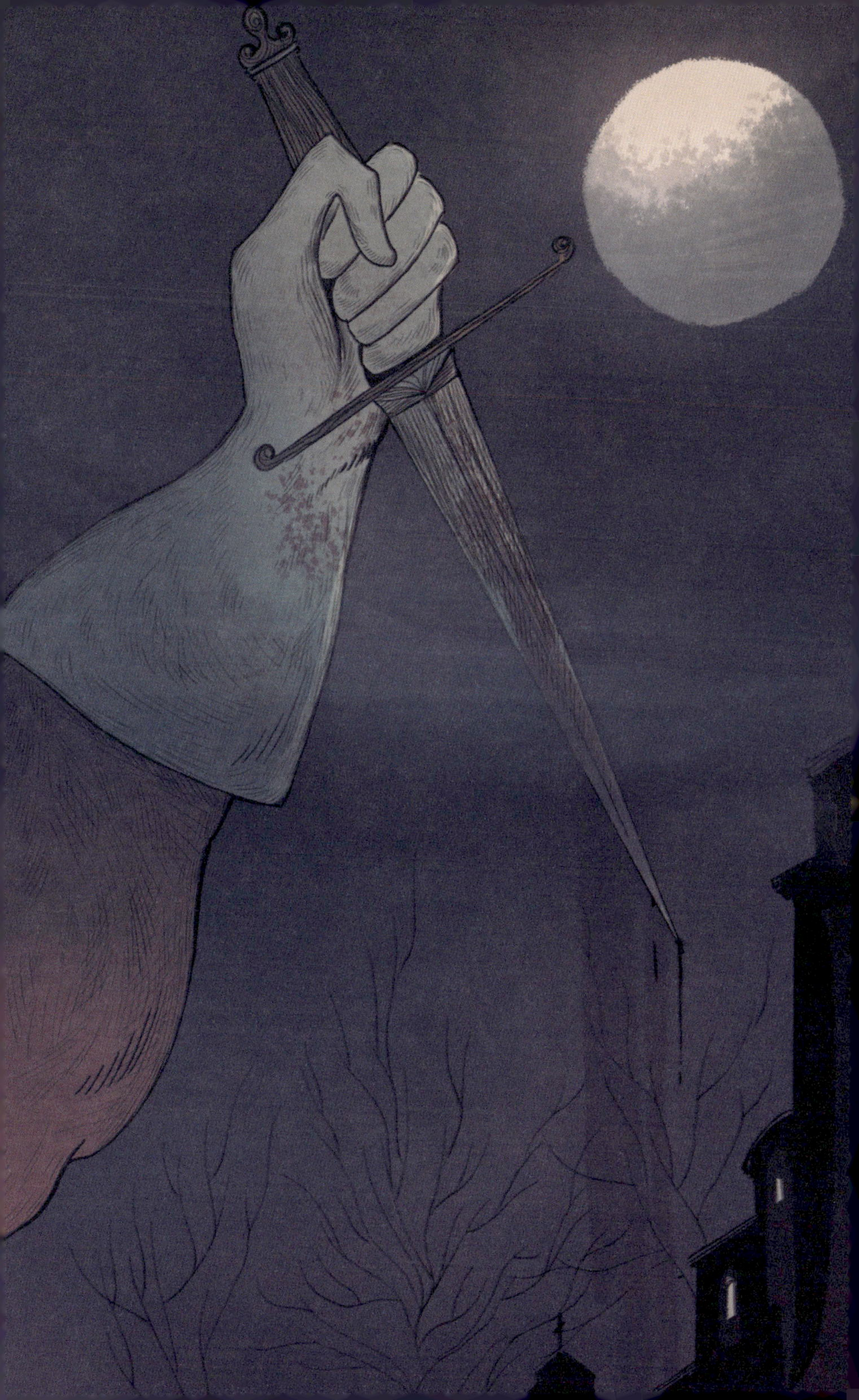

No fundo havia uma carta.

Ela leu a mensagem com as mãos trêmulas e precisou se sentar numa cadeira para não desmaiar.

– O que será que eu fiz para merecer uma coisa dessas?! – exclamou, por fim, reprimindo um soluço. – Sempre procurei ser uma pessoa correta e virtuosa! Como posso ser culpada dos assassinatos de uma aliança diabólica?

Martiniere se assustou. Pegando a carta, leu:

```
"Um amante que tem medo de ladrão não é
digno do amor."
Sua mente engenhosa, prezada dama, nos
livrou de uma grande perseguição. Nós,
que nos damos o direito de roubar os
tesouros dos ricos, queremos mostrar a
nossa gratidão, enviando essas joias
para seu deleite. São as mais precio-
sas que existem. Esperamos, com isto,
seguir com a nossa amizade.

                          Os Invisíveis
```

– Como é possível tamanha petulância? E todo o sangue que foi derramado por causa desse tesouro? – exaltada, decidiu: – Vou ver o que a marquesa de Maintenon acha disso!

Saiu imediatamente, levando consigo a caixa, rumo à residência da amiga, que era amante do rei Luís XIV.

Ao ver a senhorita de Scuderi, trêmula e pálida, entrar no palácio, a marquesa logo percebeu que havia algo errado.

– O que aconteceu, Madeleine? – perguntou.

Ela contou o ocorrido e mostrou a caixa.

– Deve ser uma brincadeira à toa, impensada... – declarou a amiga, encantada com a preciosidade e a beleza das joias. – Acho que apenas René Cardillac, que considero o ourives mais talentoso de Paris, pode fazer um trabalho perfeito como este – e continuou, como se falasse consigo mesma: – Ele é um verdadeiro artista, mas também uma pessoa muito estranha. Não fosse tão respeitado na cidade como um homem leal e honrado, sempre pronto a ajudar, eu seria a primeira a suspeitar de alguma maldade nele...

– Por quê? – quis saber a senhorita de Scuderi, curiosa.

– Por causa de seus pequenos olhos verdes, tão brilhantes e profundos... – respondeu a marquesa.

De fato, Cardillac trabalhava febrilmente, e o valor cobrado parecia não compensar todo o tempo investido numa joia. Se não gostasse do resultado, derretia a peça e começava tudo de novo. O engraçado era que, na hora de entregar a maravilha, ele parecia ficar zangado e mal-humorado; era de má vontade que passava seu tesouro ao novo dono.

A marquesa sugeriu que chamassem o ourives ao palácio, imediatamente, dizendo:

– Precisamos saber a quem essas joias estavam destinadas.

Quando as viu, Cardillac ficou encantado. E contou:

— Eu as fiz para mim mesmo. Busquei as melhores pedras, trabalhei com vontade e alegria. Faz algum tempo que elas desapareceram da minha oficina, sem que eu tivesse qualquer pista do seu destino.

— Então, pegue-as de volta – disse a senhorita de Scuderi. E contou como elas tinham ido parar em suas mãos.

Calado e de olhos baixos, Cardillac escutou a história. Depois, tomado por uma súbita decisão, pegou a caixa e ajoelhou-se diante da senhorita de Scuderi, dizendo:

— O destino determinou a posse dessas joias. Somente agora percebo que as fiz pensando na senhorita. Não despreze esse meu gesto, digna dama. Elas são minha maior obra de arte. Aceite-as e use-as.

— Mas, senhor Cardillac, na minha idade, usar essas pedras?! – exclamou ela. – E por que me presentear com uma preciosidade de tamanho valor?

O ourives se levantou. Tinha um olhar estranho. Selvagem. Fora de si. Solenemente, pediu:

— Tenha compaixão, cara senhorita, e aceite este presente. Não sabe como eu admiro suas virtudes e seu coração puro. Esse mimo é uma prova do meu sentimento de veneração.

Enquanto a senhorita de Scuderi, ainda incerta, titubeava, a marquesa de Maintenon pegou o porta-joias e encerrou o assunto:

— Ah, minha amiga, você está sempre falando da idade... Aceite este presente, que tantas outras mulheres adorariam e não podem ter!

Então, Cardillac se ajoelhou, beijou as mãos e a ponta da saia da velha senhora, riu, chorou, se levantou e correu para fora do palácio, derrubando cadeiras, porcelana, copos e o que mais estava em seu caminho.

Enquanto a senhorita de Scuderi se recompunha, a marquesa gracejou:

– Ele está perdidamente apaixonado por você! Dá-lhe esses presentes para conquistá-la!

Mas a outra, séria, respondeu:

– Nunca usarei essas joias. Elas estiveram nas mãos daqueles que fizeram aliança com o diabo. Estão ensopadas de sangue. E esse homem me dá medo. Algo me diz que há um segredo maior por trás disso. Não consigo imaginar a conexão entre alguém honesto e corajoso como mestre René Cardillac com algo ruim... Uma coisa, no entanto, é certa: jamais usarei essas joias. E você, o que faria, se estivesse no meu lugar?

A marquesa murmurou:

– Eu as jogaria no rio.

***

Alguns meses se passaram. Um dia, a senhorita de Scuderi estava passeando de carruagem, acompanhada de Martiniere, quando um jovem muito pálido se aproximou da janela e jogou um bilhete lá dentro.

Ao vê-lo, a dama de companhia ficou sem ar e quase desmaiou. Quando se recuperou, ela contou, ainda tremendo:

– É o mesmo homem que me entregou a caixa com as joias naquela noite!

A senhorita de Scuderi leu o bilhete:

```
Uma desgraça está para acontecer co-
migo. Imploro que a senhorita leve os
colares e pulseiras para mestre René
Cardillac, sob o pretexto de ajustar
qualquer coisa. Seu bem-estar, sua vida
dependem disso. Caso contrário, invadi-
rei sua casa e me matarei na sua frente!
```

— Uma coisa é certa — falou a dama, por fim. — Esse jovem misterioso pode pertencer ao bando dos ladrões, mas não parece que tenha algo contra mim. Vou fazer o que ele pede. Aproveito para me livrar dessas malditas joias. Talvez Cardillac, como é de seu costume, as queira de volta.

No dia seguinte, quando a poeta se dirigia à oficina do ourives, quis o destino que ela tivesse tantos contratempos que precisou voltar, adiando a visita para o outro dia.

Chegando à rua onde o ourives morava, viu uma multidão. A aglomeração maior era exatamente em frente à residência dele. Nisso, o policial Desgrais saiu de dentro da casa, acompanhado de uma moça descabelada, que, agarrada aos joelhos dele, gritava:

— Não, por favor! Ele é inocente!

Um outro policial a atirou na sarjeta, sem dó, onde ela ficou, imóvel. Algumas mulheres ajudaram a pobre moça a se recompor. Vendo tudo isto, a senhorita de Scuderi perguntou o que tinha acontecido, e o policial Desgrais contou:

— Algo terrível, grande dama. René Cardillac foi assassinado com um punhal. O assassino é Olivier Brusson, o assistente dele. Essa moça aí fica gritando que ele é inocente. É Madelon, filha de Cardillac e noiva de Olivier. Acho que ela sabe de algo. Estou pensando em levá-la comigo também.

A senhorita de Scuderi ficou com pena da jovem e, ao mesmo tempo, com raiva de Desgrais.

— Deixe que eu cuido dela, Desgrais — disse, num impulso.

E levou-a consigo.

Quando se recuperou, Madelon contou, entre soluços, o que havia acontecido.

— Era mais ou menos meia-noite, quando ouvi uma leve batida na porta de meu quarto e, em seguida, a voz de Olivier dizendo que meu pai se encontrava à beira da morte. Abri. Olivier estava pálido e desfigurado. Ele disse que, durante uma caminhada noturna que fizeram juntos, o mestre tinha sido atacado diante de seus olhos. Olivier o carregou, com grande esforço, até a casa. Os vizinhos escutaram o barulho de choro e gritos; e, por fim, meu noivo foi levado para a prisão como assassino de meu pai — ela fez uma pausa, suspirou e continuou: — Não acredito nisso! Olivier tem um temperamento nobre. É uma pessoa boa e honrada. Sempre respeitou meu pai.

Profundamente comovida, a senhorita de Scuderi ouviu com empatia e acreditou na inocência do pobre Olivier. Depois, para ter certeza, pediu informações aos vizinhos e empregados de Cardillac, que confirmaram o que Madelon havia relatado sobre o bom relacionamento entre o mestre e seu aprendiz. Olivier era visto como uma pessoa incapaz de fazer mal a alguém.

Como a poeta ficou sabendo, ele contou a mesma história para a polícia, confirmando tudo que Madelon havia dito.

Para a escritora, era incompreensível imaginar que Olivier destruiria sua própria felicidade, seu futuro promissor, o reconhecimento de Cardillac, o amor de sua filha, o trabalho garantido. E decidiu ajudá-lo.

Primeiro, foi conversar com o juiz La Regnie, a quem contou os detalhes da triste história. Quando ela terminou, ele disse:

– Compreendo, gentil senhorita, que esteja comovida com o sofrimento de uma jovem apaixonada. Eu, no entanto, tenho meus deveres a cumprir. Os vilões devem sempre temer a câmara ardente, lugar de julgamento e tortura, onde o fogo arde e o sangue escorre. Não quero parecer um monstro de dureza e crueldade, então, vou lhe contar como tudo aconteceu: quando René Cardillac foi apunhalado, ninguém mais o viu, a não ser o aprendiz Olivier Brusson e a filha Madelon. No quarto do jovem foi encontrado um punhal ainda sujo de sangue, do tamanho da ferida de Cardillac. Eu perguntei a ele: "O ladrão que você menciona queria roubá-lo?", e ele disse que não sabia. Eu prossegui: "Você estava com ele e não conseguiu defendê-lo?". E ele me respondeu: "Eu estava a uns quinze, vinte passos atrás dele". Insisti: "E por que tão distante?". Ele respondeu que o mestre queria assim. Continuei meu inquérito: "E o que o mestre buscava, tão tarde da noite?".

A resposta foi "Isto eu não posso dizer". E, então, o rapaz começou a chorar.

O juiz fez uma pausa. Como ela não disse nada, ele continuou:

– O fato é, senhorita, que Cardillac não saiu de casa naquela noite. Os vizinhos confirmam. A porta da rua range alto nas dobradiças; eles teriam escutado quando fosse aberta. Sempre escutaram. Segundo eles, só ao redor da meia-noite ouviram algo pesado caindo com força no chão, seguido de um gemido sufocado.

– E os argumentos a favor de Olivier? – a senhorita de Scuderi quis saber.

– Não há nenhum. A não ser as lágrimas dessa garota, que chora mais pelo noivo do que pelo pai morto – disse o juiz. – Como é do conhecimento de todos, René Cardillac possuía muitas pedras preciosas...

– Mas elas seriam herdadas por Madelon, a futura esposa de Olivier... – lembrou a dama.

– Ah, mas ele teria de reparti-las ou, quem sabe, até matar outros bandidos para ficar com o tesouro. A senhorita sabe dos assassinatos em série que mancham nossa cidade. Olivier, com certeza, faz parte desse bando. Talvez Madelon também. O fato mais convincente é que, desde que o jovem foi preso, não houve mais nenhum assassinato. Para mim, isso é prova suficiente.

Mas a senhorita de Scuderi não estava convencida... E perguntou se podia ver o jovem assistente na prisão. O juiz respondeu:

— Se a senhorita confia mais nos seus sentimentos do que nos fatos e não receia visitar aquele lugar horrível, está bem. Poderá vê-lo daqui a duas horas.

Embora tudo estivesse contra o jovem, somente nos olhos de Madelon a senhorita de Scuderi via uma sinceridade verdadeira. Por isso, ela teve certeza de que havia um segredo maior naquela história.

Olivier foi trazido até ela, acorrentado. E qual não foi o espanto da dama quando reconheceu nele a pessoa que havia jogado o bilhete pela janela da carruagem!

O susto foi tão grande que ela desmaiou.

Quando voltou a si, Olivier já não estava mais lá.

"O juiz La Regnie tem razão...", ela pensou. "O aprendiz deve mesmo pertencer ao bando de assassinos...!"

Chegando em casa, contou o ocorrido a Madelon. Esta se jogou aos pés da escritora, que a afastou, dizendo, rudemente:

— Vá embora daqui e busque consolo com o assassino. Talvez você também tenha culpa nisso tudo!

— Ah, também a senhorita foi enfeitiçada por aquelas pessoas sem coração... — desesperou-se a garota. — Pobre de mim e do meu infeliz Olivier...

— Qual demônio do inferno me envolveu nessa história que pode me custar a vida? — exclamou a poeta, sentindo-se uma desgraçada.

Nisso, o policial Desgrais entrou. Informando que viera em nome do juiz, contou:

– Desde que a senhorita foi ver Olivier, ele está fora de si. Jura por tudo que é mais sagrado que não matou Cardillac. Mesmo a ameaça de tortura não fez com que confessasse. Implora à senhorita que vá vê-lo, para que lhe conte tudo o que aconteceu. Assim, peço-lhe, grande dama, que vá ouvir a confissão de Olivier. O juiz La Regnie concordou com essa última tentativa, antes de levá-lo à sala de tortura.

Ao ouvir isto, a senhorita de Scuderi se encolheu toda.

– Sei que o lugar é pavoroso, por isso, não precisa voltar lá para falar com o aprendiz – declarou o policial. – Estou autorizado a trazê-lo aqui.

Ela soltou um longo suspiro e concordou.

Era meia-noite quando Olivier foi introduzido na casa da senhorita de Scuderi, trazido por Desgrais e dois seguranças. Estava devidamente vestido e sem correntes.

Quando ficaram a sós, Olivier se ajoelhou diante dela, levantando as mãos para o céu, os olhos cheios de lágrimas.

Ela emudeceu. Os olhos dele fizeram com que ela se lembrasse de alguém, mas não sabia ao certo quem. Alguém querido, talvez... Todo o medo desapareceu e ela se esqueceu de que estava frente a frente com o assassino de Cardillac. Respeitosamente, pediu:

– Então, senhor Brusson, o que tem a me dizer?

Ele enxugou uma lágrima teimosa, antes de dizer:

– Oh, senhorita, não se lembra de mim? Esqueceu-se de Anne Guiot e de seu filho Olivier? Aquele menino que a senhorita carregava no colo?

Ela levou as mãos ao rosto, surpresa, exclamando:

– Não acredito!

Anne Guiot era uma menina pobre, que ela tinha criado como se fosse sua filha. Quando cresceu, a garota se apaixonou pelo relojoeiro Claude Brusson, com quem se casou. Algum tempo depois, nasceu Olivier. A velha senhora passava muito tempo com o menino, de quem gostava muito. Dificuldades no trabalho fizeram, no entanto, com que a família tivesse que se mudar para Genebra, cidade natal de Claude Brusson. Apesar das tentativas da senhorita de Scuderi para impedir a mudança, inclusive com promessas de ajudá-los financeiramente, a família foi mesmo embora. No começo, Anne mandava notícias, mas depois se calou. E assim vinte e três anos se passaram...

A poeta ficou condoída:

– Que tristeza... Então, você é Olivier, o filho da minha Anne?

– Sim – confirmou ele. – Eu era aquele menino que a senhora amava... Acha que eu seria capaz de derramar tanto sangue? Sei que não estou livre das acusações, mas não matei Cardillac – ele inteirinho tremia, mas teve de se recompor para continuar: – Vou lhe contar tudo. Ah, meu pai nunca deveria ter deixado Paris... Todas as minhas lembranças de Genebra se resumem em pais desolados, infelizes, e dias muito ruins. Todos os sonhos, todas as esperanças que meu pai e minha mãe tinham jamais se concretizaram. E, no momento que consegui uma vaga de aprendiz num relojoeiro, ele morreu. Minha mãe sempre quis escrever para a senhorita, mas lhe faltava coragem. Ela faleceu pouco depois de meu pai.

Scuderi começou a chorar também, suspirando:

– Pobre Anne...

– Ainda bem que ela morreu antes de ver seu filho coberto de vergonha, nas mãos de carrascos... – retrucou Olivier.

– Senhorita, trabalhei duro e já superava meu mestre quando ouvi falar de René Cardillac, o maior ourives do mundo. E, desde aquele dia, não tive mais sossego. Queria vir a Paris e ir atrás do grande mestre. Consegui. Ele me recebeu friamente, mas pediu que mostrasse meu talento, trabalhando num anel. Então, seus olhos brilharam e ele me aceitou. Prometeu-me uma boa remuneração, o que realmente aconteceu. Quando vi sua filha, Madelon, pela primeira vez, foi como se tivesse um anjo diante dos meus olhos. Oh, Madelon! Pobre querida...!

Olivier parou o relato, escondeu o rosto entre as mãos e soluçou por um momento, incapaz de controlar a emoção. Quando se acalmou, continuou:

– Ela correspondeu ao meu amor. Achei que Cardillac também gostasse de mim e pensei que, mais tarde, poderia pedir minha amada em casamento. Porém, aconteceu tudo diferente. Sem motivo algum, um belo dia, Cardillac entrou na oficina e disse que não necessitava mais dos meus serviços. E que eu deveria ir embora. Imediatamente. Havia raiva e desprezo em seu olhar. E ele completou: "Não quero vê-lo nunca mais. E sabe por quê? Porque você não está à altura do que almeja". Antes que eu pudesse responder, fui jogado com toda a força para fora da casa. Desolado e machucado com o golpe, procurei um conhecido que vivia no subúrbio, que me acolheu. Passei alguns dias na casa dele. Mas eu não aguentava mais de saudades da minha amada.

Precisava vê-la. Então, retornei à casa dos Cardillac. Ao lado dela, há um muro alto, decorado com imagens de pedra. Era quase meia-noite. Vi luz na oficina. Estranhei. Ele sempre se recolhia às nove horas. Intuí que algo estava para acontecer. Esperei. De repente, a luz se apagou. Para me esconder, me encostei naquele muro. Senti, então, uma força fazendo pressão na direção oposta. Foi aterrador. Como se ganhasse vida, um pedaço do muro girou sobre o próprio eixo, abrindo um vão. Uma pessoa saiu e se esgueirou silenciosamente para a rua. Fui atrás. A luz de uma tocha fez com que eu pudesse ver o rosto dela. Era Cardillac! Um pavor imenso me envolveu. Nisso, apareceu um homem, todo sorridente, assobiando uma melodia qualquer. Como um tigre diante da sua presa, Cardillac se jogou sobre ele e o derrubou. Com um grito de horror, me aproximei e perguntei: "O que está fazendo, mestre?". Ao me ver, ele fugiu. Sua vítima já estava morta.

A senhorita de Scuderi mal conseguia segurar seu espanto.

— E então, o que aconteceu?

Olivier continuou:

— Eu me senti num pesadelo. O pai de Madelon, um assassino louco?! Era impossível! Transtornado, voltei para o lar que me hospedava. No outro dia, Cardillac me procurou. Disse que tinha exagerado quando me expulsara de casa. Pediu desculpas. E declarou: "Cheguei à conclusão de que não poderia desejar um genro melhor do que você. Venha comigo e vamos conversar com Madelon. Ela se tornou uma garota triste desde que você foi embora". Aquelas palavras cortaram meu coração. Mesmo assim, pensei na maldade do que tinha visto e respondi que não queria mais saber dele. Mas ele disse que Madelon não parava de chorar. E que foi ela quem lhe implorou que se desculpasse comigo e me pedisse para voltar. E, assim, retornei à casa dos Cardillac, senhorita, e caí nos braços de Madelon...

Olivier se calou, e a senhorita de Scuderi, estarrecida, exclamou:

– Inacreditável! Quer dizer que o ourives faz parte desse bando de assassinos?

– Bando? Que bando? – e Olivier explicou: – Ele faz tudo sozinho! Mas, espere. Tem mais. Primeiro, quero que a senhorita imagine bem a situação em que eu me encontrava. Era como se eu tivesse me tornado cúmplice de Cardillac! Mas diante do amor de Madelon, eu me esquecia que aquele pai bondoso, meu mestre querido durante o dia, se transformava num monstro quando a noite caía. Eu me esquecia de tudo. Então, um dia, sem mais nem menos, ele declarou: "Olivier, nosso relacionamento está insuportável. Você presenciou o meu trabalho noturno, que minha estrela maligna me obriga a fazer... É melhor eu contar a minha história". E começou:

"Quando minha mãe estava grávida de mim, ela conheceu um cavalheiro numa festa. Ficou fascinada com a corrente de ouro que ele usava no pescoço. Percebendo o olhar dela, a convenceu a ir com ele a um lugar afastado. Lá, ela quis tocar na corrente, mas ele a jogou no chão. O que aconteceu não se sabe ao certo, mas ele morreu, naquele momento. Depois disso, ela adoeceu. Mesmo assim, conseguiu levar a gravidez até o fim e eu nasci. No entanto, os horrores daquele momento terrível fizeram brotar minha estrela maligna, que se manifesta toda vez que vejo diamantes, ouro ou pedras preciosas. Quando criança, apenas roubava. Minha paixão por joias transformou-se numa profissão e eu me tornei o melhor de todos. Mas minha ânsia de poder só aumentava. Assim que terminava um trabalho, vinha uma inquietação que me deixava alucinado. Em meus sonhos, via a pessoa usando o objeto que eu fizera. Minha joia! Aí, descobri a verdadeira arte de roubar. Como odiava os donos das minhas preciosidades, um irresistível desejo de matar também me invadiu. Era como se eu quisesse me vingar deles, por me privarem daquilo que eu tanto amava. Foi quando comprei essa casa e o vendedor me revelou um segredo: uma passagem secreta no muro, que os monges dos mosteiros usavam para suas escapadas. E o diabo falou no meu ouvido... Eu tinha acabado de entregar uma joia a um senhor da corte, que pretendia presentear uma cantora da ópera. À noite, quando ele se dirigia à casa dela, fui atrás. Meu punhal atravessou o coração dele e a joia voltou a ser minha. Nesse momento, uma paz enorme tomou conta de mim. O fantasma maligno sumiu. A voz do diabo silenciou. E eu entendi o que minha estrela queria de mim."

A senhorita de Scuderi ouviu a narração sem dizer uma única palavra. E o jovem continuou:

— Depois que Cardillac me contou sua história, me levou para seu gabinete secreto, repleto de joias. Em cada item estava anotado o nome do dono e do destinatário, bem como o que acontecera na abordagem, quer dizer, se a vítima tinha sido assassinada ou apenas roubada. Ele me fez prometer que, quando ele morresse e herdássemos, Madelon e eu, aquela riqueza, eu desapareceria com tudo. Ele não queria que a filha possuísse um tesouro manchado de sangue. Fiquei enlouquecido e pensei em fugir. Pensei até mesmo em me matar. Mas... e Madelon? Assim, não consegui fazer nada e a vida continuou. Certo tempo depois, Cardillac me perguntou o que eu achava dos versos: "Um amante que tem medo do ladrão não é digno do amor".

Olivier percebeu que a senhorita de Scuderi empalidecia. Mas não parou:

– Ele me contou, então, sua conversa, senhorita, com o rei. E passou a adorar a senhorita. Estava convencido de que a senhorita possuía tantas virtudes que seria capaz até de fazer desaparecer aquela estrela maligna que morava dentro dele. Naquele dia, mestre Cardillac tinha acabado de fazer um colar magnífico para a princesa da Inglaterra, mas ela faleceu subitamente, antes que a joia tivesse sido enviada. Então, ele pensou que aquele seria um belo presente para, como ele disse, a senhorita de Scuderi. Quando escutei seu nome, as doces lembranças do passado me vieram à mente. E eu me enchi de esperanças... O mestre me deu as instruções de como lhe entregar a joia e eu só pensava em como seria maravilhoso me encontrar novamente com a benfeitora de minha mãe. Eu iria me atirar aos seus pés, grande dama, e lhe contar tudo. Então, a senhorita me salvaria... E Madelon também. Mas o que aconteceu naquela noite foi bem diferente. Cardillac estava transtornado, falava palavras sem sentido, até que, por fim, declarou: "O que eu queria mesmo é que a princesa da Inglaterra usasse o colar que fiz para ela!". Essas palavras me encheram de terror, pois entendi que a voz do diabo soava de novo. Temi pela senhorita. Por isso, joguei aquele bilhete dentro da sua carruagem, pedindo que devolvesse as joias que recebera dele. Mas a senhorita não veio. Cardillac não falava em outra coisa. Eu tinha certeza de que ele estava planejando matar a senhorita. Naquela noite, então, quando ele saiu pela passagem secreta, fui atrás. Mas o destino quis que um oficial passasse por mim, sem me notar. Cardillac estava perto. Eu quis tentar evitar a morte do homem, mas na verdade quem caiu no chão dessa vez foi o mestre, não o oficial. Este saiu correndo, largando o punhal no chão. Peguei a arma e carreguei Cardillac, que ainda estava vivo, até a casa dele. O resto da história a senhorita conhece. Meu crime foi não ter denunciado o pai de Madelon. Mas melhor será que ela chore a minha morte do que os feitos horrendos do pai.

Olivier se calou. Tinha os olhos cheios de lágrimas, quando perguntou:

— Agora a senhorita acredita na minha inocência?

Antes de responder, a senhorita de Scuderi fez um sinal e Madelon entrou, jogando-se nos braços do amado.

Mas a felicidade dos dois jovens durou pouco. Já Desgrais batia à porta, para levar Olivier Brusson de volta à prisão.

A velha senhora ficou sozinha na sala. Estava convencida da inocência do filho de Anne. Admirou o heroísmo dele, que preferia se sacrificar a ferir os sentimentos de sua amada. Como faria para ajudá-los? Pensou um pouco e decidiu escreveu uma longa carta para o juiz La Regnie. Contaria da inocência do jovem. Explicaria que ele preferia levar seu segredo para o túmulo, a fim de proteger da dor a filha do assassino, e que somente isso o impedia de fazer uma confissão.

Algumas horas depois veio a resposta.

La Regnie se alegrava com a confissão de Olivier e até acreditava na inocência dele. Mas a lei não queira saber de atos nobres, escreveu. Pelo contrário. Só a verdade interessava. Assim, informava que, por meio da tortura, ele logo conseguiria quebrar essas barreiras e fazer o tal segredo vir à tona.

A poeta desmoronou.

E agora?

Aflita, começou a dar voltas pela sala, pensando no que fazer, quando o conde de Miossens, um coronel da Guarda do Rei, foi anunciado, adentrando o local em seguida.

– Vim aqui para falar com a senhorita a respeito de Olivier Brusson, seu protegido – começou ele. – Todo mundo está convencido de que ele é culpado. Mas eu sei que ele é inocente.

A velha senhora ficou alegre de repente.

– Sim, por favor! Sente-se e me conte tudo! – exclamou, animada.

Ele foi direto:

– Fui eu quem matou o ourives.

Ela arregalou os olhos, impaciente pelos detalhes, mas esperou que ele contasse tudo.

– Sim, fui eu. E estou orgulhoso do meu feito. Cardillac era um vilão hipócrita. Um perverso que assassinava e roubava as pessoas.

– E como você soube disso? – quis saber a dona da casa, incrédula.

– Outro dia, fui buscar na oficina dele um colar que tinha encomendado – contou. – O ourives começou a me fazer perguntas esquisitas. Queria saber a quem eu ia oferecer o presente. Quando faria isso. E outros detalhes que não deveriam ser importantes para ele. Fiquei intrigado. Eu sabia como as pessoas tinham sido assassinadas. Então, me preparei. Na noite em que programei encontrar minha amada, vesti um colete de proteção. Assim, quando ele me atacou, eu o matei.

— Mas você se calou! — exclamou a senhorita de Scuderi.

— Porque sabia que o juiz La Regnie jamais acreditaria em mim! Cardillac era um exemplo de virtude e piedade!

— Não acha que seu nome e sua posição ajudariam? — ela perguntou.

— Não. La Regnie gosta de passar a faca em todas as gargantas, ricas ou pobres. Lembra-se do caso do marechal de Luxemburgo, que foi acusado de ter envenenado várias pessoas? O juiz enviou-o direto para a guilhotina!

— Então você concorda que o inocente Olivier morra?

— Inocente? Ele foi cúmplice em muitas mortes. Sabia de tudo. E se calou. Se eu contei a verdade, senhorita, é para que possa usar meu segredo. Mas sem me comprometer.

— Vamos ver o que consigo fazer — respondeu ela.

***

A senhorita de Scuderi foi procurar o advogado mais famoso de Paris, o doutor Pierre Arnaud d'Andilly. Após escutar atentamente os fatos, ele declarou:

— Olivier não será salvo pelos meios convencionais da justiça. Também não vamos acusar Cardillac. Temos de proteger Madelon. O conde de Miossens terá de reconhecer

Olivier como o jovem que tentou salvar Cardillac, quando este foi atacado por um estranho. Terá também de depor na frente do juiz. Com isso, a tortura será interrompida. Então, a senhorita irá falar com o rei. Na minha opinião, sua majestade deve conhecer toda a verdade. O depoimento do conde de Miossens confirmará as palavras do aprendiz. Uma busca secreta na casa de Cardillac ajudará a esclarecer os fatos e, assim, o rei poderá absolver Olivier Brusson.

O conde de Miossens aceitou fazer como o advogado sugeriu e, então, foi a vez de a senhorita de Scuderi pedir uma audiência ao rei, a quem narrou tudo o que sabia sobre o caso. Por fim, num ato de desespero, jogou-se aos pés do monarca, pedindo clemência para o jovem.

Luís XIV ficou surpreso:

– O que está fazendo, minha senhora? Essa história é terrível. Quem me garante que a aventura contada por Brusson seja verdadeira?

Ela respondeu com uma pergunta:

– A palavra de Miossens, a convicção de Vossa Majestade, o coração puro de Madelon, que reconheceu as virtudes do pobre Brusson... não bastam? Uma busca na casa de Cardillac, com certeza, vai trazer novidades também.

O rei ficou de pensar no assunto.

Enquanto isso, o depoimento do conde de Miossens se espalhou pelo povo. De repente, os vizinhos se lembravam da gentileza de Olivier, de seu amor por Madelon, de sua fidelidade ao mestre... E começaram a dizer que o jovem era inocente.

***

Alguns dias se passaram sem que a senhorita de Scuderi soubesse algo novo sobre o processo. Tampouco sua amiga sabia de qualquer coisa, já que o rei evitava o assunto.

A ansiedade tomou conta dela.

Finalmente, o advogado contou que o rei tinha agido: conversara com o conde de Miossens, mandara alguém falar com Brusson e também tinha autorizado uma busca na casa de René Cardillac.

Um mês depois, a marquesa de Maintenon avisou a poeta que ela teria uma audiência com o rei Luís XIV ainda naquela tarde.

Com o coração na garganta, a senhorita de Scuderi entrou no palácio.

A conversa começou tomando outros ventos, como se ele tivesse se esquecido de Brusson. De repente, o monarca se levantou e, aproximando-se da poeta, disse:

– Ah, tenho de felicitá-la! Seu protegido agora é um homem livre. Darei um bom dote a Madelon e eles poderão se casar.

Ela sentiu as lágrimas brotando e não conseguiu dizer nada.

Ele continuou:

– Mas eu tenho uma condição.

Ela prendeu a respiração, pensando que, de qualquer maneira, nada poderia tirar a alegria daquela notícia.

– Eles deverão deixar Paris – disse o rei.

Ela concordou, beijando a mão do monarca e agradecendo fervorosamente.

— Agora, vá! — ele a dispensou com um sorriso. — Dois jovens a aguardam. Eles também querem lhe agradecer.

É claro que foi o que aconteceu. Os três se juntaram num longo abraço, rindo e chorando ao mesmo tempo.

***

Madelon e Olivier se casaram e, no dia seguinte, abençoados pela senhorita de Scuderi, deixaram Paris, rumo a Genebra. Com o dote recebido e a fama de bom ourives, o casal poderia se manter na nova cidade, realizando o sonho do pai e da mãe de Olivier.

Um ano depois, um desconhecido entregou à igreja um baú cheio de joias. E uma estranha notícia se espalhou por toda Paris: aqueles que, no ano de 1680, tivessem sido roubados, poderiam requerer suas joias de volta. Bastaria que conseguissem descrevê-las perfeitamente, com todos os detalhes.

E foi assim que as pessoas que tinham sido roubadas por Cardillac puderam recuperar seu tesouro.

E. T. A. Hoffmann

O alemão Ernst Theodor Amadeus Hoffmann, ou melhor, E. T. A. Hoffmann (1776-1822), é um dos grandes nomes da literatura fantástica mundial. Além de jurista e escritor, interessava-se também por música e pintura. *O Quebra-Nozes*, famoso balé cuja música foi composta por Tchaikovski, é baseado em um de seus contos, numa versão assinada por ninguém menos que Alexandre Dumas.

O BELICHE SUPERIOR

Francis Marion Crawford

Alguém pediu charutos. Após um longo tempo conversando, os assuntos começaram a se esgotar. A fumaça do tabaco tinha impregnado as cortinas, e o vinho tornava pesados nossos cérebros. Era evidente que, a não ser que alguma coisa fosse feita para estimular nossos espíritos amolecidos, a reunião caminhava para a sua conclusão natural e nós, os hóspedes, iríamos logo para casa. Ninguém tinha dito nada de notável, porque ninguém tinha nada de interessante para dizer.

Jones nos dera cada detalhe da sua última caçada em Yorkshire. Mr. Tompkins, de Boston, explicara com longos e elaborados detalhes os seus princípios no trabalho. *Signor* Tombola tentara nos persuadir de uma ideia nada difícil de ser contestada.

Estávamos entediados e cansados, mas ninguém dava sinais de que iria embora.

Quando alguém perguntou sobre os charutos, todos nós olhamos para quem tinha falado.

Brisbane era um homem muito alto e forte, de cerca de trinta e cinco anos, dono de um pescoço vigoroso a sustentar uma cabeça pequena. As mãos, enormes e musculosas, eram capazes de, sozinhas, quebrar nozes. Quando visto de lado, era impossível não reparar na largura dos seus braços e na incomum espessura do seu peito. Era ainda mais forte do que parecia. Sobre seu rosto, pouco havia a dizer: cabelos lisos, olhos azuis, nariz largo, bigode curto e queixo quadrado.

Todo mundo o conhecia. Ao pedir um charuto, atraiu os olhares gerais.

– É uma questão muito curiosa – disse.

Houve silêncio. A voz dele não era alta, mas possuía a qualidade de penetrar no meio da conversa coletiva e cortá-la como uma faca.

Todos pararam para ouvir.

Ele acendeu seu charuto com serenidade e, em seguida, continuou:

– Muito curiosa essa história de fantasmas. As pessoas estão sempre perguntando se alguém já viu um fantasma. Eu vi.

Um coro de exclamações reagiu àquela afirmação.

– Bobagem!

– Quem? Você?

– Você não pode estar falando sério, Brisbane! Um homem com a sua inteligência!

Das profundezas de lugar nenhum surgiu Stubbs, o mordomo, trazendo uma nova garrafa de champanhe.

A situação estava salva.

Brisbane ia contar uma história.

***

Sou um velho homem do mar... – ele começou. – E como ainda atravesso o Atlântico com frequência, tenho as minhas predileções. A maior parte das pessoas tem uma. Eu tenho o hábito de esperar por certos navios, quando preciso viajar. E só me enganei uma única vez na vida.

Lembro-me muito bem. Foi numa manhã quente de junho. Reparei que as autoridades alfandegárias, que estavam ali esperando um navio, agiam de um modo particularmente confuso, parecendo preocupadas com algo. Eu não levava muita bagagem. Nunca levo. E me misturei à multidão de passageiros, carregadores e intrometidos, que pareciam brotar feito cogumelos do convés de um navio atracado, para importunar os passageiros com seus préstimos desnecessários.

Subi a bordo, rapidamente. O *Kamtschatka* era um dos meus navios favoritos. E, se eu disse "era", é porque ele não é mais. Sim, até já sei o que vocês vão dizer... A embarcação possui muitas vantagens, mas nele eu não embarco nunca mais! Então, subi a bordo e chamei o comissário de serviço, cujo nariz vermelho e costeletas ainda mais vermelhas me eram bastante familiares.

– Cento e cinco, leito inferior – eu disse, naquele tom indiferente de quem está acostumado a viajar.

O homem pegou minha mala, o sobretudo e a manta de viagem. Mas eu nunca me esquecerei da expressão de seu rosto, porque ele me olhou de um jeito que sugeria que ele ia começar a chorar, ou ia espirrar ou ia deixar cair a minha mala, o que me deixou nervoso, já que dentro dela eu levava uma garrafa de um xerez excelente que tinha ganhado de presente. Mas ele não fez nada disso. Apenas disse em voz baixa, indicando o caminho:

— Bem, eu vou...

Achei que ele tivesse bebido um trago a mais, mas não falei nada e o segui.

O camarote cento e cinco ficava a bombordo, próximo à popa. Não havia nada de extraordinário nele.

O leito inferior do beliche era de casal, mais espaçoso. Um lavatório comum queria dar a ideia de luxo. Os habituais e ineficientes bagageiros, em madeira marrom, dentro dos quais é mais fácil manipular um grande guarda-chuva do que uma escova de dentes comum. Sobre o colchão repulsivo, os cobertores, que um humorista comparou a frias panquecas de trigo. O cheiro enjoativo lembrava o de máquinas lubrificadas. Cortinas de cores tristes escondiam parcialmente o leito superior. A luz de um dia de junho lançava uma vaga claridade sobre aquele pequeno cenário desolado.

Argh! Como detestei aquele camarote!

***

Nada digno de nota aconteceu naquele dia. Deixamos o cais pontualmente e foi agradável iniciar a viagem. O primeiro dia no mar é aquele em que as pessoas andam pelo convés e encontram eventuais conhecidos. Ainda não sabemos se a comida vai ser boa, ruim ou indiferente. Há uma incerteza sobre como o tempo vai se comportar. Baleias e *icebergs* são sempre motivo de interesse, mas, no final, as baleias são todas iguais e raramente vemos um *iceberg* de perto. Assim, o mais prazeroso momento do dia é quando damos a última volta no convés, fumamos o último charuto e, um pouco cansados, vamos para a cama com a consciência tranquila.

Naquela primeira noite, eu me sentia particularmente preguiçoso e fui dormir mais cedo do que de costume.

Quando entrei, fiquei surpreso ao constatar que tinha um companheiro de cabine.

Uma mala parecida com a minha encontrava-se no canto oposto. No leito superior do beliche havia uma manta, uma bengala e um guarda-chuva.

Como eu esperava viajar sozinho, fiquei decepcionado. Mas me perguntei como seria a pessoa com quem iria dividir o camarote e decidi aguardar.

Fazia pouco tempo que eu estava deitado quando ele entrou.

Era um homem muito alto, muito magro e muito pálido, com olhos cinza sem expressão, cabelos ruivos e costeletas no mesmo tom. Um tipo comum, talvez um pouco excêntrico.

Concluí que não fazia questão de conhecê-lo e me propus a estudar seus hábitos, de modo a evitá-lo. Mas nunca mais voltei a vê-lo, após aquela primeira noite no cento e cinco.

Eu dormia profundamente, quando fui despertado por um barulho assustador. Parecia que meu companheiro tinha saltado do beliche superior para o chão. Ouvi quando ele tateava o trinco da porta e escutei suas passadas quando corria pelo corredor. Ele deixara a porta aberta, e o som dela, oscilando sobre as dobradiças com o movimento do navio, me incomodou. Levantei-me para fechá-la e voltei para a cama, onde dormi não sei por quanto tempo.

Quando acordei, ainda estava bastante escuro. Fazia um frio desconfortável. O ar me pareceu úmido e tinha um odor esquisito, como se a cabine estivesse encharcada de água. Fiquei pensando nas reclamações que faria no dia seguinte e ouvi quando meu companheiro se revirou no leito superior do beliche. Provavelmente, tinha retornado enquanto eu dormia. Ouvi um gemido e fiquei preocupado se ele não estaria mareado, o que seria muito chato, já que eu estava no leito inferior. Mas nada aconteceu e dormi até o dia clarear.

O navio começou a jogar bastante, bem mais do que na noite anterior, e a luz cinzenta que atravessava a escotilha mudava de tonalidade a cada movimento, segundo o ângulo que o bordo da embarcação impunha ao vidro, voltando-se para o céu ou para o mar. Estava muito frio, frio demais para o mês de junho. Mas então reparei que a escotilha estava aberta e toda virada para trás. Acho que xinguei em voz alta, enquanto me levantava para fechá-la. E vi que o beliche superior trazia as cortinas fechadas, me informando que meu companheiro também sentira frio.

Embora eu já não sentisse mais o cheiro de umidade que tinha me incomodado na véspera, o camarote era desconfortável. Meu companheiro ainda dormia, então me arrumei e saí, aproveitando para não ter de vê-lo nem falar com ele.

No convés, cruzei com o médico de bordo e começamos a conversar.

– Fez muito frio esta noite – observei. – Mas acho que foi porque a escotilha estava aberta. Não tinha reparado, quando fui me deitar. E o camarote estava úmido também.

Ele estranhou.

– Úmido? Qual é o seu camarote?

– O cento e cinco.

Para minha surpresa, o médico se sobressaltou e me olhou fixamente.

– Qual é o problema? – perguntei.

– Oh, nenhum... – respondeu. – É que, nas três últimas viagens, todos que ficaram nesse camarote se queixaram.

– Eu também tenho reclamações a fazer! – exclamei. – Ele cheira mal, é frio e desconfortável. Uma vergonha!

– Acredito que alguma coisa estranha esteja acontecendo... – disse o médico. – Mas não convém assustar os outros passageiros. Há mais alguém com você lá?

– Sim – respondi. – Um sujeito que sai correndo no meio da noite e deixa a porta aberta.

Mais uma vez, o médico me olhou com curiosidade. Em seguida, acendeu um charuto e assumiu um ar grave, para perguntar:

– E ele voltou depois?

– Voltou – respondi. – Eu estava dormindo, mas acordei e ouvi quando ele se remexeu na cama. Então, senti frio, mas dormi de novo. Hoje de manhã, encontrei a escotilha aberta.

Calmamente, o médico disse:

– Não que eu me importe com este navio ou a sua reputação, mas meu camarote é bem espaçoso e posso dividi-lo com você, se quiser.

– É muito gentil, doutor, mas acredito que o meu possa ser lavado – agradeci. Em seguida, como tinha estranhado a maneira com que ele falara, perguntei: – Por que não se importa com o navio?

– Na minha profissão, ninguém é supersticioso – respondeu. – Mas não quero que seja prejudicado. E menos ainda assustá-lo, mas... Bem, nas últimas três viagens, as pessoas que ocupavam o camarote cento e cinco desapareceram no mar – completou.

Era uma informação assustadora. E desagradável.

Olhei para o médico, me perguntando se ele não estaria zombando de mim. Ele me pareceu ainda mais sombrio e disse que, antes do final da travessia, eu iria mudar de ideia e reconsiderar sua proposta. Em seguida, fomos tomar o café da manhã. Reparei que havia poucas pessoas no restaurante e que os oficiais tinham um ar grave.

Fui para o camarote. As cortinas do leito superior estavam fechadas. Não se ouvia nada. Concluí que meu companheiro de cabine ainda dormia e saí. No corredor, encontrei o comissário. Aos sussurros, ele me disse que o capitão queria falar comigo.

– Gostaria de lhe pedir um favor – disse este, assim que entrei na cabine.

Concordei e ele me contou que meu companheiro de camarote tinha desaparecido, perguntando também se eu tinha visto algo de extraordinário nele.

– Não está me dizendo que ele caiu no mar! – exclamei, me lembrando da conversa com o médico.

– Receio que sim – foi a resposta.

— Incrível! – não pude deixar de exclamar. – Então, ele é o quarto?!

O capitão ficou bastante aborrecido por eu saber disso e contei a ele o que tinha acontecido durante a noite.

— É exatamente o que me disseram os outros companheiros de camarote dos passageiros desaparecidos! – exclamou. – Eles pularam da cama e correram, desesperados, pelo corredor. Deixaram, inclusive, suas roupas para trás. E ninguém viu ou ouviu o homem que desapareceu ontem à noite.

O capitão me pediu segredo. Disse que eu poderia escolher qualquer camarote, até mesmo o dele, para continuar a viagem, mas recusei. Estava sozinho, preferia permanecer no cento e cinco mesmo. Queria apenas que os pertences do sujeito fossem retirados da minha cabine.

Não sei se fiz uma boa escolha, mas, com certeza, não estaria contando esta história se tivesse me mudado dali.

O assunto, porém, não estava encerrado. Decidi que não seria perturbado por nada daquilo, contudo reclamei que meu camarote estava muito úmido e pedi que o arejasse e trocasse a tranca da escotilha.

À noite, me encontrei com o médico. Ao ficar sabendo que eu continuava no cento e cinco, ele disse:

— Mas mudará daqui a pouco.

***

Jogamos *bridge* à noite e fui me deitar tarde. Confesso que tive uma sensação desagradável quando voltei para meu camarote. Pensava no homem alto, que agora estava morto, no mar. Tranquei a porta. De repente, me dei conta de que a escotilha estava aberta e fechei-a. Mas fiquei furioso e saí à procura de Robert, o comissário responsável por aquele corredor. Arrastei-o rudemente até a porta do cento e cinco, gritando:

– Que diabos você pretende, seu idiota, ao deixar a escotilha aberta todas as noites? Não sabe que, se o navio adernar e a água começar a entrar, nem dez homens conseguirão fechá-la? Você está colocando nossas vidas em perigo!

O homem tremia. Sem dizer uma palavra, fechou o pesado trinco de bronze.

– Por que não me responde? – continuei.

Ele balbuciou:

– Desculpe, senhor, mas ninguém consegue manter essa escotilha fechada à noite. O senhor mesmo pode tentar. Juro que nunca mais viajo neste navio! E, se eu fosse o senhor, iria dormir em outro lugar! Veja, senhor, como ela está bem trancada agora. Experimente abri-la.

Verifiquei. Estava exatamente como ele dissera.

Robert continuou, triunfante:

– Aposto a minha reputação de comissário de primeira classe que, em meia hora, ela estará de novo aberta. E presa para trás, senhor, o que é ainda mais assustador!

Examinei tudo e disse:

– Se ela voltar a se abrir esta noite, Robert, eu lhe darei uma gratificação. Agora, pode se retirar.

– Obrigado, senhor! – ele agradeceu. – E boa noite. Tenha bons sonhos, senhor!

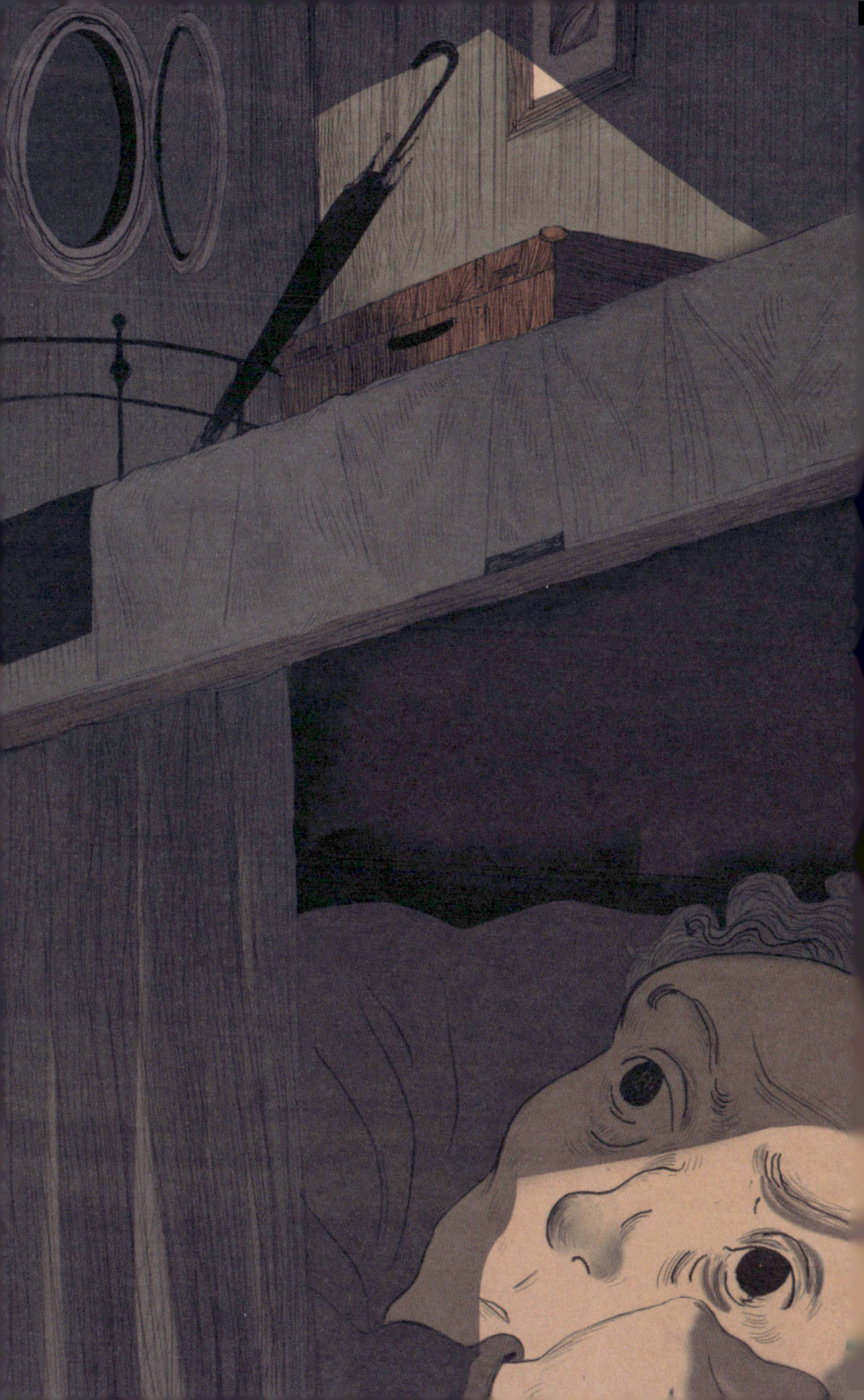

Eu não acreditei nele. Achei que estivesse me contando uma história para me assustar e, assim, justificar seu descuido. A consequência foi que ele ganhou uma gratificação e eu passei uma noite muito, muito desagradável.

Cinco minutos depois que me deitei, Robert apagou a luz que ardia atrás do candeeiro de vidro, próximo à porta. Fiquei pensando no homem afogado e não conseguia dormir. De vez em quando, olhava para a escotilha. Na escuridão, ela se parecia com um prato meio luminoso, suspenso nas trevas. Devo ter ficado assim por pelo menos uma hora. Quando estava quase dormindo, uma corrente de ar frio me despertou. Tive a nítida sensação de receber no rosto uma borrifada de água do mar.

Levantei-me imediatamente. Não tendo levado em conta o balanço do navio, fui atirado com violência para o outro lado do camarote e caí sobre o sofá, logo abaixo da escotilha. Consegui me recompor e, quando me ergui, vi que ela estava aberta. E presa por trás!

O que se segue a partir de agora são fatos.

Eu estava bem desperto, quando me levantei, e teria sido acordado pela queda, se ainda estivesse sonolento. Além disso, machuquei os cotovelos e os joelhos, o que testemunhava os acontecimentos.

A sensação foi mais de espanto do que de medo, ao descobrir a escotilha aberta. Fechei-a e travei o ferrolho com toda a minha força. Estava muito escuro no camarote. Resolvi ficar observando, para ver se ela se abriria de novo. De pé, fiquei olhando através do vidro espesso os vestígios brancos e cinzentos do mar que espumava sob o bordo da embarcação. Devo ter permanecido assim por uns quarenta e cinco minutos.

De repente, ouvi com clareza alguma coisa se mexendo atrás de mim, em um dos leitos, e ouvi um leve gemido. Abri as cortinas do beliche superior e apalpei-o.

Havia alguém ali.

Lembro-me de que, ao colocar minhas mãos lá dentro, tive a sensação de tê-las introduzido em um porão úmido. Por de trás das cortinas, veio uma lufada de vento cheirando a água do mar estagnada. Toquei algo que parecia um braço humano, mas estava frouxo, molhado e gelado.

Nisso, a criatura saltou violentamente na minha direção, uma massa pegajosa e lamacenta, mas ainda assim dotada de uma força sobrenatural. Cambaleei pelo camarote, enquanto a porta se abria e a coisa saía correndo. Fui atrás, mas era tarde demais. Dez metros na minha frente, tenho certeza de que vi um vulto escuro se movendo na tênue claridade, rápido como a sombra de um cavalo veloz, projetado pela lamparina na noite escura.

Meus cabelos estavam em pé e um suor frio escorria pelo meu rosto.

Não tenho a menor vergonha de admitir: estava apavorado.

Ainda assim, desconfiava dos meus sentidos e me recompus, novamente. Era um absurdo. Um pesadelo.

Voltei para meu camarote, mas tive de fazer força para entrar. O lugar estava impregnado com o cheiro de água do mar estagnada. Precisei de muita energia para pegar uma lanterna de leitura que sempre carrego comigo. Conferi. A escotilha estava aberta.

Um horror arrepiante tomou conta de mim. Mesmo assim, examinei o leito superior do beliche. Esperava encontrá-lo encharcado, mas, apesar do cheiro, os lençóis estavam secos.

Fechei a escotilha novamente e enfiei a bengala no aro da fechadura, até que o metal grosso se dobrasse, de tanta pressão. Depois, me sentei no sofá para tentar recuperar os sentidos, onde acabei passando a noite inteira.

O dia finalmente raiou e me vesti, devagar, relembrando o que acontecera durante a noite. Fazia um belo dia e saí para o convés, onde encontrei o médico fumando seu cachimbo.

– Doutor, você tinha razão – declarei. – Há algo estranho no camarote cento e cinco.

Ele exibiu um ar triunfante.

– Teve uma noite ruim, não é mesmo?

Concordei e tentei lhe explicar o mais claramente possível o que, de fato, tinha acontecido, insistindo no detalhe da escotilha.

– Acho que está pensando que duvido de você... – disse o médico. – Não duvido nem um pouco. Gostaria de insistir no meu convite. Traga seus pertences e fique com a metade do meu camarote.

– Venha você e fique com a metade do meu – propus. – Me ajude a chegar ao fundo desse mistério.

Mas ele recusou.

– Não. Faz parte do meu trabalho conservar meu bom estado mental, não sair por aí descobrindo mistérios de fantasmas.

– Acredita mesmo que se trata de um fantasma? – indaguei, desdenhoso.

Todavia, enquanto falava, eu me lembrava da sensação horrível ante o sobrenatural, que tinha se abatido sobre mim durante a noite.

O médico voltou a falar, agora com certa rispidez:

– Você tem uma explicação sensata a oferecer sobre os acontecimentos? Não, não tem. Você diz que encontraremos uma explicação. Eu digo que não, simplesmente porque não existe nenhuma explicação.

Eu não me importava de passar mais uma noite sozinho no camarote. Estava determinado a decifrar o enigma. Não acredito que existam muitos homens com coragem para isso, mas já que eu não conseguia encontrar quem compartilhasse a vigília comigo, decidi que faria assim mesmo. Sozinho.

Eu me despedi do médico e fui falar com o capitão. Contei minha história e pedi que deixasse acesa a luz do corredor.

– Já sei o que vou fazer: vou passar a noite com você – decidiu ele. – Veremos o que acontece. Pode ser que algum sujeito esteja querendo roubar o corredor, dando susto nos passageiros. Ou que, simplesmente, haja alguma coisa estranha com a carpintaria daquele beliche.

Um carpinteiro foi chamado e, juntos, examinamos cuidadosamente a madeira e os encaixes.

Tudo estava em perfeita ordem.

O homem sugeriu fechar o camarote.

– Esse lugar nunca trouxe nada de bom, senhor, essa é a verdade. Já foram perdidas quatro vidas aqui, que eu me lembre, e em quatro viagens. Melhor desistir, senhor.

– Tentarei mais uma noite – declarei.

Eu me sentia melhor, sabendo que alguém ficaria comigo.

Naquela noite, não tomei nenhuma bebida alcoólica e nem mesmo participei do jogo de *bridge*. Queria guardar meu sangue-frio e, por vaidade, estava ansioso para causar uma boa impressão ao capitão.

***

O capitão era um desses espécimes fortes e joviais, cuja combinação de coragem, audácia e placidez diante das adversidades lhe conferia um alto grau de confiança. O simples fato de me acompanhar naquela investigação era prova de que havia algo errado ali. Além do mais, sua reputação, e mesmo a do navio, estavam em jogo. Perder passageiros para o mar, durante uma viagem, é algo gravíssimo. E ele sabia disso.

Por volta das dez horas, enquanto eu fumava meu último charuto, ele veio na minha direção e nos afastamos do grupo de passageiros que estava no convés, aproveitando o calor da noite.

– Esse assunto é sério, Brisbane – disse ele. – Temos de nos preparar para duas possibilidades: ficar decepcionados ou enfrentar uma situação difícil. Entenda que isso não é brincadeira e, não importa o que acontecer, pedirei que assine seu nome no relatório. Se não der certo hoje à noite, tentaremos amanhã e na noite seguinte. Você está preparado?

Eu estava. Descemos, então, pela escada e entramos no camarote. Antes que o capitão fechasse a porta, pude ver Robert, que nos observava do corredor.

O capitão sugeriu:

– Vamos colocar sua mala contra a porta. Eu me sentarei em cima dela, de modo que ninguém poderá fugir deste quarto. A escotilha está fechada?

Confirmei que estava tudo como eu tinha deixado pela manhã e descerrei as cortinas do leito superior do beliche, para que pudesse observar bem seu interior. Acendi minha lanterna de leitura e coloquei-a sobre o colchão coberto pelo lençol branco. Ele me pediu que vasculhasse todo o camarote.

Ao terminar a operação, afirmei:

– É impossível qualquer ser humano entrar aqui. Ou abrir a escotilha.

Ele concordou calmamente:

– Muito bem. Se virmos alguma coisa agora, será fruto da nossa imaginação. Ou algo sobrenatural.

Eu me sentei na beirada do beliche inferior e ele começou a contar:

– A primeira vez que isso aconteceu foi em março. Soubemos depois que o passageiro que dormia na parte superior era um lunático, uma pessoa desequilibrada. Ele saiu correndo no meio da noite e se lançou ao mar, antes que o oficial do turno pudesse intervir. Paramos o navio, descemos os escaleres, mas não conseguimos encontrá-lo. Seu suicídio foi, naturalmente, atribuído a sua insanidade. Na viagem que se seguiu... – neste momento, ele interrompeu a narrativa para perguntar: – O que você está olhando?

Não tenho certeza se respondi. Meus olhos estavam voltados para a escotilha. Tive a impressão de que o trinco de bronze estava, lentamente, começando a girar, tão lentamente que eu não poderia afirmar se aquilo de fato estava acontecendo. Observei, atento, prestando atenção à posição inicial, para ver se mudava.

O olhar do capitão se concentrou na mesma direção do meu.

Eu me levantei para verificar a porca do parafuso. Estava frouxa, pois consegui movê-la com as mãos, embora ela estivesse muito bem apertada, pela manhã.

O capitão prosseguiu com a narração:

– O que é estranho é que o segundo homem que caiu no mar supostamente passou pela escotilha, sabe-se lá como. Atravessamos um momento difícil por causa disso. Aconteceu no meio da noite e o tempo estava horrível. Houve um alarme indicando que uma das escotilhas estava aberta e a água entrava na cabine. Desci e encontrei tudo inundado. Desde então, este lugar exala um cheiro horrível de água do mar parada. Palavra de honra que posso senti-lo agora, você não?

– Sim – confirmei, estremecendo. – No entanto, para cheirar mal assim, o lugar deveria estar encharcado... E, hoje cedo, quando examinamos, estava seco. Perfeitamente seco.

De repente, minha lanterna se apagou. A lâmpada do corredor ainda trazia bastante claridade. O navio balançava muito. A cortina do beliche superior começou a se agitar. Dei um pulo. Ao mesmo tempo, o capitão deu um grito de surpresa e também saltou para, com todas as suas forças, tentar fechar a escotilha, que teimava em girar no sentido contrário. Apanhei minha bengala, feita de carvalho resistente, e tentei ajudá-lo, mas ela se partiu e eu caí no sofá. Quando consegui me levantar, a escotilha estava aberta e o capitão, de pé, as costas contra a porta, me olhava com os lábios lívidos.

– Há alguma coisa ali! – berrou, os olhos esbugalhados.
– Cuide da porta, enquanto eu olho. O que quer que seja, não deixaremos escapar!

Em vez de tomar seu lugar, porém, pisei sobre a minha cama e agarrei o que estava no beliche superior.

Era alguma coisa fantasmagórica, tão horrível que não há palavras para descrevê-la, e ficou se mexendo na minha mão. Era como o corpo de um homem há muito afogado, mas com o vigor de dez homens vivos.

Continuei segurando aquela coisa escorregadia, lodosa, terrível, os olhos brancos e sem vida parecendo me fixar dentro da penumbra. O odor pútrido de água do mar rançosa o envolvia, e os cachos úmidos de seus cabelos brilhantes cobriam seu rosto morto. Lutei contra aquela coisa. Ela se lançou contra mim e agarrou meu braço, me fazendo recuar. Quando aquela mão cadavérica apertou meu pescoço, o morto-vivo me dominou e tive de soltá-lo com um berro estridente. Caí no chão. Vi que passava por mim e agarrava o capitão, que lhe deu um soco violento, mas também caiu no chão, com um grito inarticulado de terror.

A coisa ficou imóvel por um instante, como se pairasse sobre o corpo do capitão. Eu queria gritar de novo, mas tinha perdido a voz. Então, de repente, ela sumiu.

Meus sentidos perturbados me disseram que ela tinha saído pela escotilha, mas, considerando o tamanho da abertura, era impossível.

Fiquei um bom tempo deitado no chão, o capitão ao meu lado. Quando consegui recuperar os sentidos, me mexi, percebendo de imediato que o osso do meu antebraço esquerdo, perto do pulso, estava quebrado.

De algum modo, consegui me erguer e, com a mão sã, tentei ajudar o capitão a fazer o mesmo. Ele gemeu e se moveu, voltando finalmente a si. Não estava ferido, mas parecia totalmente aturdido.

Bem, vocês querem ouvir mais?

Não há mais nada. É o fim da minha história.

O carpinteiro trancou a porta do camarote cento e cinco com tábuas firmes e enormes parafusos. Se, um dia, um de vocês viajar no *Kamtschatka*, pode solicitar um leito naquela cabine. Dirão que ela já está reservada. Claro, reservada pela criatura morta.

Terminei minha viagem no camarote do médico. Ele cuidou do meu braço quebrado e me aconselhou a nunca mais brincar com "fantasmas e essas coisas".

O capitão se manteve calado e jamais voltou a navegar naquele navio, que ainda continua em atividade. Eu tampouco voltei a embarcar nele. Foi uma experiência por demais desagradável e me assustou muito, coisa que detesto.

E foi assim que eu vi um fantasma, se é que era um. De qualquer forma, estava mesmo morto.

Francis Marion Crawford

Francis Marion Crawford (1854-1909) era filho de norte-americanos e nasceu na Itália. Estudou em vários países, tendo se formado pela Universidade de Harvard, nos Estados Unidos. Em 1879, resolveu aprender sânscrito e viajou para a Índia. Sua mãe queria que ele fosse cantor de ópera, mas quando seu tio, o poeta Sam Ward, sugeriu que ele escrevesse sobre sua experiência naquele país, uma carreira de destaque entre os clássicos da literatura fantástica mundial teve início.

UMA PROMESSA QUEBRADA
Lafcadio Hearn

Em seu leito de morte, a esposa confessou ao marido:

— Morrer não me assusta. Mas há algo que me inquieta: eu gostaria de conhecer quem vai tomar o meu lugar nesta casa.

Desolado, ele respondeu:

— Ninguém jamais tomará o seu lugar, minha querida. Jamais me casarei novamente.

Ele falava do fundo do coração, pois amava a mulher que estava prestes a perder.

— Palavra de samurai? — perguntou, um sorriso fraco como ela boiando nos lábios.

Ele acariciou o rosto pálido e abatido da esposa e jurou:

— Palavra de samurai.

— Então, meu querido, vou pedir uma coisa — disse ela, suavemente. — Eu gostaria de ser enterrada no fundo do jardim, perto das ameixeiras que plantamos. Faz tempo que eu queria pedir isso, mas achei que, se você se casasse novamente, não ia querer meu túmulo assim tão perto. Mas agora que você prometeu que isso não vai acontecer, posso fazer meu pedido. Vai ser maravilhoso poder ouvir a sua voz, de vez em quando, e ver as flores na primavera.

– Farei como você quer – prometeu ele. – Mas não fale em morte. Você não está tão doente, ainda há esperança!

Ela balançou a cabeça e declarou:

– Não, vou morrer hoje ainda. Você vai me enterrar no jardim, não vai?

– Claro. Farei tudo como você pediu.

– Você me daria um sininho, também?

– Um sino?

– Sim. Quero ter um dentro do caixão, daqueles pequenos, do tipo que os peregrinos budistas carregam. Você pode me dar um igual?

– Com certeza. Você terá o sino e tudo o mais que desejar.

– Não desejo mais nada – disse ela. – Você sempre foi bom para mim, meu querido, e agora posso morrer feliz.

Em seguida, a jovem fechou os olhos e morreu docemente qual uma criança que adormece.

Estava linda.

E tinha um sorriso nos lábios.

***

Foi sepultada no jardim, à sombra das árvores que amava, e um pequeno sino foi enterrado com ela. Sobre o túmulo foi erguida uma grande lápide, decorada com o brasão da família e com o *kaimyo*, nome religioso dado aos mortos: Grande Irmã Anciã, Sombra Luminosa da Flor da Ameixeira, que reside na Mansão do Grande Mar da Compaixão.

Um ano após o falecimento da mulher, os parentes e amigos do samurai começaram a insistir para que ele procurasse uma nova esposa. Diziam que se casar e ter filhos é dever de um samurai; lembraram que, caso ele não tivesse quem o sucedesse, ninguém iria fazer as oferendas nem recordar seus ancestrais. E tanto insistiram que o samurai, enfim, se deixou convencer. Escolheu uma jovem de apenas dezessete anos e achou que poderia amá-la ternamente, não obstante a silenciosa censura da sepultura no jardim.

Até o sétimo dia após o casamento, nada aconteceu que pudesse perturbar a felicidade da jovem esposa. Nisso, seu marido foi convocado para passar a noite no castelo, executando trabalhos que exigiam sua presença no local. Ela se sentiu estranha, assustada de um jeito que não sabia explicar. Não conseguiu dormir. Sentia uma opressão no ar, algo inexplicável, como nos momentos que antecedem uma tempestade.

Entre uma e três horas da madrugada, em plena Hora do Boi, ela ouviu, do lado de fora, um sino tocar, o sino dos peregrinos budistas, e se perguntou o que um peregrino estaria fazendo por ali, àquela hora. E parecia que o peregrino se aproximava da casa. Mas por que ele vinha pelos fundos, mais exatamente do jardim? Então, os cães começaram a ganir e a uivar de uma maneira apavorante, deixando a jovem muito assustada. Ela tentou se levantar para chamar uma criada, mas não conseguiu se erguer. Nem se mover ou mesmo falar. E o sino chegando cada vez mais perto...

Nisso, uma mulher entrou no quarto, furtiva como uma sombra, embora portas e janelas estivessem trancadas. Vestia uma mortalha e trazia um sino de peregrino na mão. Não enxergava, pois há muito estava morta. Seus cabelos escorriam pelo rosto. Mesmo sem a língua, ela falou:

— Você não pode ficar aqui! Eu ainda sou a senhora desta casa! Vá embora! E não diga a ninguém o motivo da sua partida. Se disser uma palavra a ele, vou fazê-la em pedaços!

E desapareceu.

A jovem esposa do samurai ficou apavorada e não conseguiu se mexer até o sol raiar.

***

Com a agradável luz da manhã, ela duvidou do que tinha visto e ouvido à noite. A lembrança da ameaça, porém, pesava tanto que ela não ousou falar com ninguém sobre o que tinha acontecido. Acabou convencendo a si mesma que tinha sido apenas um pesadelo.

No dia seguinte, porém, novamente na Hora do Boi, os cães começaram a uivar e a ganir, o sino tocou, aproximando-se lentamente pelo jardim, a jovem esposa tentou em vão se levantar e chamar alguém, e novamente a falecida se aproximou da cama, curvou-se sobre a garota e murmurou como se pairasse no ar:

— Vá embora e não conte a ninguém o motivo da sua partida. Se você contar a ele, vou fazê-la em pedaços!

***

Na manhã seguinte, quando o samurai voltou para casa, ela suplicou:

— Perdoe minha ingratidão e minha rudeza em falar

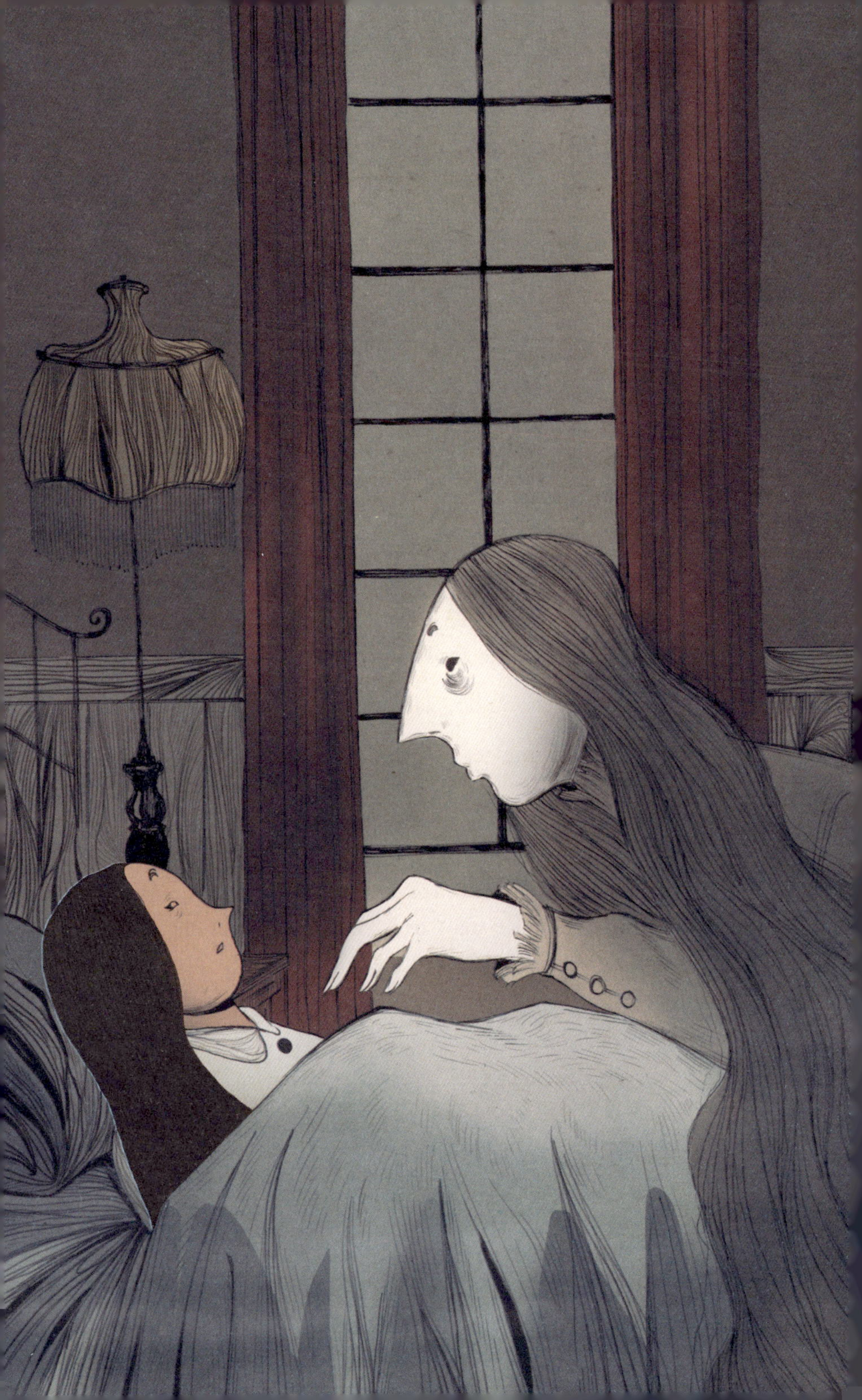

assim com você, mas eu quero voltar para a minha casa. Preciso ir embora daqui imediatamente!

Ele ficou surpreso e perguntou:

— Você não é feliz aqui? Alguém foi grosseiro com você na minha ausência?

— Não, não é nada disso! — ela começou a soluçar. — Ninguém fez nada, eu é que não posso continuar sendo sua esposa. Tenho de ir embora.

O samurai ficou verdadeiramente espantado.

— Minha querida, é muito doloroso para mim saber que algo ou alguém causou a sua infelicidade. Não posso imaginar outro motivo para você desejar ir embora... Espero que isso não queira dizer que você vai se divorciar de mim.

Tremendo e chorando, ela declarou:

— Se você não me der o divórcio, morrerei!

Sem entender nada, ele ficou um minuto em silêncio. Depois, falou:

— Seria uma vergonha deixá-la voltar para sua família sem nenhuma falha de sua parte. Você precisa me dar uma razão, uma boa razão, para o que me pede. Caso contrário, não posso lhe dar o divórcio, pois a honra deste lar tem de ser mantida.

Ela se viu obrigada a contar a verdade ao marido, apesar de estar aterrorizada.

— Agora que contei, ela me matará! Ela me matará! — soluçava.

O samurai era um homem corajoso e não acreditava em fantasmas. No primeiro momento, ele se sobressaltou, mas logo encontrou uma explicação plausível.

– Minha querida, você está muito nervosa – disse. – Receio que alguém tenha lhe contado alguma história absurda. Não posso lhe dar o divórcio apenas porque você teve um pesadelo nesta casa. Infelizmente, esta noite deverei voltar ao castelo, mas não se preocupe. Colocarei dois homens para vigiar o seu quarto. São de confiança e cuidarão de você. Você poderá dormir tranquila.

Ele foi tão afetuoso que ela se sentiu envergonhada e resolveu permanecer na casa.

***

Os dois homens encarregados de cuidar da jovem eram pessoas simples, fortes e corajosas. Contaram histórias divertidas para alegrá-la e ela até riu, quase esquecida de seus receios. Quando se deitou para dormir, os dois tomaram seus lugares no canto do quarto e começaram a jogar *go* para matar o tempo. Ela adormeceu em seguida.

Mais uma vez, porém, na Hora do Boi, a jovem despertou, apavorada, com o sino lá fora. E o som se aproximava cada vez mais... Ela deu um grito, mas não percebeu qualquer movimento no quarto, somente o silêncio sepulcral, cada vez mais denso e crescente. Correu na direção dos guardiões, mas eles estavam imóveis, sentados diante do tabuleiro, os olhos fixos um no outro. Ela os chamou, sacudiu... Mas eles continuaram paralisados.

Mais tarde, eles disseram que sim, tinham ouvido o sino, e também o grito da garota, que até mesmo tinham sentido quando ela os sacudiu para despertá-los, mas que não tinham sido capazes de se mexer nem de falar. Em seguida, eles entraram em um sono sinistro e pararam de ver e ouvir qualquer coisa...

***

Ainda na madrugada, o samurai entrou no quarto e viu, na claridade de uma estranha luz, o corpo sem cabeça de sua jovem esposa sobre uma poça de sangue.

Os dois homens acordaram com o grito que ele deu, uma expressão abobalhada nos rostos surpresos.

A cabeça não estava lá. A horrenda ferida contava que ela não tinha sido cortada, mas arrancada. Um rastro de sangue indicava um caminho, que os três homens seguiram. Levava ao jardim, passando pelo gramado, pelos canteiros, ao longo da margem de um lago, sob a sombra de cedros e bambus. E, então, de repente, viram uma coisa horripilante, que se agitava como um morcego: a figura da mulher há muito enterrada, de pé diante do seu túmulo. Numa das mãos, trazia o sino. Na outra, a cabeça ainda gotejando sangue. Por um instante, os três ficaram entorpecidos. Mas um dos guardiões fez uma prece budista e avançou, para na sequência dar um golpe sobre o vulto macabro, que se esfarelou no chão e logo não passava de um monte de trapos misturados a ossos e cabelos. O sino rolou para longe, mas a mão direita, descarnada, mesmo decepada do pulso, ainda se contorcia. E seus dedos comprimiam a cabeça ensanguentada, dilacerando-a e desfigurando-a como as tenazes dos caranguejos amarelos estraçalhando uma fruta que caiu da árvore...

[– Esta é uma história cruel – eu disse ao amigo que acabara de contá-la. – Se a falecida queria se vingar de alguém, deveria ter sido do marido...

– É assim que os homens pensam – respondeu ele. – Mas não é desse modo que as mulheres agem...

Ele tinha razão.]

Lafcadio Hearn

Lafcadio Hearn nasceu na Grécia, em 1850. Morou em vários lugares do mundo e encontrou seu lar espiritual no Japão, vindo a falecer em Tóquio, em 1904. Casou-se com uma japonesa, naturalizou-se japonês e assumiu o nome de Yakumo Koizumi, pelo qual também é conhecido.

SREDNI VASHTAR
Saki

Conradin tinha dez anos quando um médico decretou que ele não teria mais do que cinco para viver. O parecer daquele médico meloso e incompetente não valia muito, mas foi logo endossado pela senhora De Ropp, cuja opinião contava muito.

A senhora De Ropp, prima e tutora de Conradin, representava aos olhos do garoto os três quintos do que o mundo continha de inevitável, de desagradável e de real. Em perpétuo conflito com eles, os outros dois quintos se resumiam a ele mesmo e à sua imaginação. Qualquer dia desses, fantasiava Conradin, ele terminaria por desmoronar sob o peso esmagante das coisas inevitáveis e difíceis – tais como as doenças, a falta de afeto, a vigilância sufocante de que era objeto e o tédio mortal que o destruía. Não fosse a imaginação desenfreada que a solidão costuma estimular, há muito ele já teria sucumbido.

A senhora De Ropp jamais confessaria que não gostava de Conradin. Talvez tivesse uma vaga consciência de que contrariá-lo "para o seu bem" era um dever ao qual se dedicava sem qualquer pesar, mas admitir isso seria outra história. Já Conradin, ele a odiava do fundo do coração, embora se esforçasse para dissimular. Os pequenos prazeres que se proporcionava adquiriam um sabor particular quando sabia que desagradariam à sua tutora.

O jardim, morno e sem vida, sobre o qual se debruçavam tantas janelas prontas a se abrir para chamá-lo à ordem – não faça isso, faça aquilo, venha tomar seus remédios –, não o atraía muito. As poucas árvores frutíferas que ali cresciam eram ciumentamente mantidas fora da sua alçada, como se se tratasse de espécimes raros que florescessem no meio do deserto. Seria, todavia, muito difícil que algum vendedor de frutas pagasse mais do que dez xelins por toda a colheita do ano.

Havia, porém, num canto esquecido, meio escondido por um pequeno e triste bosque, uma casinha onde, em tempos idos, eram guardadas as ferramentas. Nela Conradin criou o seu refúgio, o seu porto seguro, um local mágico. Segundo seu humor, ele a transformava em sala de jogos ou catedral, povoando-a com uma legião de fantasmas familiares, evocações saídas de histórias antigas ou da sua própria imaginação. Ela podia ainda se orgulhar de possuir dois pensionistas em carne e osso: em um canto vivia uma pobre galinha meio depenada, a quem ele dedicava uma afeição que lá fora raramente tinha ocasião de exprimir; um pouco afastada, na obscuridade, havia uma grande caixa com dois compartimentos, sendo um fechado na frente por barras de ferro. Ela abrigava um furão.

A gaiola e o animal foram introduzidos clandestinamente por um jovem e simpático açougueiro, em troca de algumas moedas de prata que Conradin economizara muito em segredo, durante um longo tempo. Ele morria de medo desse animal de pelo macio e dentes pontudos, mas esse era o seu bem mais precioso. A presença do furão no local enchia Conradin de uma alegria secreta misturada com medo, e nunca deveria ser conhecida por "Aquela Mulher", que era assim que ele, em pensamento, se referia à prima.

Um dia, e sabe-se lá de onde lhe teria vindo a inspiração, o garoto conseguiu encontrar um nome maravilhoso para o animal: Sredni Vashtar. E logo ele foi elevado ao *status* de divindade, a quem Conradin prestava um verdadeiro culto.

Uma vez por semana, Aquela Mulher ia à igreja, levando o garoto consigo. Para ele, o serviço religioso não era mais do que um ritual estranho e incompreensível, mas deu-lhe a orientação necessária para que criasse outros rituais... Assim, todas as terças-feiras, na penumbra bolorenta e silenciosa do seu templo, ele se ajoelhava na frente da gaiola de madeira e adorava Sredni Vashtar, o Grande Furão.

Conradin elaborara um complexo cerimonial, cheio de misticismo. À guisa de oferenda, ele colocava flores vermelhas no altar no verão, e frutos silvestres escarlates no inverno, já que Sredni Vashtar era um deus que encarnava a ferocidade e a impaciência, enquanto o deus Daquela Mulher, a partir do que Conradin pudera observar, professava exatamente o contrário. Por ocasião das festas especiais que organizava para seu deus particular, o garoto espalhava diante da gaiola uma boa porção de noz-moscada ralada, e o rito exigia que ela tivesse sido roubada.

Essas cerimônias não respeitavam um calendário preciso e tinham lugar normalmente por ocasião de algum evento excepcional. Assim, quando a senhora De Ropp sofreu, por três dias, uma fenomenal dor de dentes, Conradin prolongou a festa e celebrou durante todo o período, quase se convencendo realmente de que Sredni Vashtar era pessoalmente responsável pelo infortúnio da prima. Se a dor tivesse persistido um dia mais, o estoque de noz-moscada da cozinha teria desaparecido por completo.

A galinha se chamava Houdan. Ela nunca tinha sido convidada para participar do culto a Sredni Vashtar. Muito tempo antes, Conradin havia decretado que ela era anabatista. Ele não tinha a menor ideia do que poderia ser o anabatismo, mas esperava secretamente que fosse algo extravagante e não muito respeitável. Uma vez que a senhora De Ropp representava a própria imagem da respeitabilidade, toda respeitabilidade tornava-se detestável.

Após algum tempo, o interesse de Conradin pela velha casinha de ferramentas acabou por atrair a atenção da tutora.

— Não é bom para ele viver enfiado nesse lugar, faça chuva ou faça sol! — decretou ela, imediatamente.

E foi assim que, uma bela manhã, ela anunciou, durante o desjejum, que a galinha Houdan tinha sido vendida e levada embora durante a noite. Com os seus olhos míopes, ela encarava Conradin, esperando uma explosão de cólera e tristeza, que se apressaria a reprimir sob um dilúvio de recomendações. Mas o garoto não disse nada: não havia nada a dizer. Alguma coisa, talvez, no seu rosto pálido e determinado, fez nascer nela um remorso fugidio, pois, à tarde, havia pão assado para acompanhar o chá, algo que ela tinha banido sob o pretexto de que não era bom para ele. Mas Conradin nem sequer tocou no mimo e, assim que pôde, desapareceu, refugiando-se na casinha.

Naquele dia, o garoto introduziu uma invocação no

culto ao deus da gaiola. Normalmente, ele apenas louvava suas qualidades, mas agora lhe pediu uma dádiva:

— Faça uma coisa por mim, Sredni Vashtar.

Conradin não disse o que queria. Na qualidade de deus, ele deveria saber. E, quando o garoto olhou para o outro lado, agora vazio, sufocou um soluço e retornou àquele mundo que tanto odiava.

A partir desse dia — noite após noite, na obscuridade quente do seu quarto; no final da tarde, na casinha; pela manhã, ao se levantar —, Conradin dizia a sua amarga ladainha:

— Faça uma coisa por mim, Sredni Vashtar.

Vendo que as visitas à casa de ferramentas não tinham parado, a senhora De Ropp decidiu fazer uma nova inspeção.

— O que você esconde lá? — perguntou ela. — Aposto que são porquinhos-da-índia! Vou dar sumiço neles, já!

Conradin não abriu a boca, mas Aquela Mulher fuçou o quarto até que encontrou a chave cuidadosamente escondida. Na mesma hora, ela se dirigiu à casinha para arrematar sua descoberta.

Fazia frio, e o garoto não tinha permissão para sair. Ele, então, foi postar-se à última janela da sala de jantar, de onde podia ver a porta do seu refúgio disfarçada por uma moita de arbustos. Viu quando Aquela Mulher penetrou no refúgio. Imaginou-a abrindo a porta da gaiola sagrada e apertando os olhos míopes para conseguir enxergar o leito de palha onde o seu deus repousava. Talvez ela cutucasse a palha com um pedaço de pau, impaciente e desajeitada... E Conradin murmurou a sua prece com fervor.

Pedia, mas, de fato, não acreditava que seu pedido seria atendido. Ele sabia que Aquela Mulher iria logo sair, com um sorriso irônico pregado no canto da boca, sorriso que ele tanto detestava, e que, dali a uma hora ou duas, o jardineiro levaria embora o seu deus maravilhoso, que nem um deus mais seria, mas apenas um simples furão dentro de uma caixa. Ele sabia também que Aquela Mulher triunfaria sempre, como agora, e que ele estaria cada vez mais doente, tiranizado pela implacável sabedoria que ela se atribuía. Até o dia que nada mais teria importância, e todos teriam certeza de que o médico tinha razão.

No seu sofrimento e resignação pela derrota, ele começou a cantar baixinho o hino ao ídolo ameaçado. Sua voz era forte e desafiante:

Sredni Vashtar avançou.
Tinha pensamentos vermelhos de sangue,
Mas seus caninos eram brancos.
Os inimigos imploraram misericórdia,
Mas ele lhes deu a morte.
Seja feita a sua vontade, ó Sredni Vashtar, o Magnífico.

Bruscamente, ele se calou e tornou a aproximar o rosto do vidro da janela, para ver melhor lá fora. A porta da casinha continuava entreaberta e os minutos se arrastavam. Conradin viu pássaros esvoaçando e correndo pela grama, em pequenos grupos. Contou-os e recontou-os, mantendo um olho fixo na porta. Uma criada entrou por trás dele e pôs a mesa para o chá, sempre com a expressão rabugenta que usava o dia inteiro, enquanto Conradin, sempre imóvel, perscrutava a porta.

Pouco a pouco, a esperança foi abrindo caminho no coração do garoto e uma auréola de triunfo iluminou os seus olhos. Uma vez mais, ele sussurrou o hino da vitória e da destruição. Desta vez, foi recompensado: na soleira da porta apareceu um animal longo e sinuoso, com o pelo arruivado. Ele piscou os olhos à luz do dia. Em redor das mandíbulas e do pescoço, manchas úmidas e sombrias maculavam sua pelagem. Conradin caiu de joelhos, não sem antes ver quando o animal esgueirou-se no meio das folhagens e tomou o rumo do riacho, no fundo do jardim, onde bebeu um pouco de água e desapareceu para sempre.

Novamente, a criada entrou na sala de jantar.

— O chá está esfriando. Onde está a senhora, que ainda não veio tomá-lo? — perguntou.

— Ela foi na direção da casinha do jardim, já faz um bom tempo — respondeu o garoto.

Enquanto a criada procurava pela patroa, Conradin pegou um garfo na gaveta do armário, espetou nele um pedaço de pão e começou a assá-lo. E, durante todo o tempo em que ele o dourou, depois de passar bastante manteiga, antes de lentamente saboreá-lo, ouvia, vindo do corredor, os barulhos entrecortados de bruscos silêncios, os gritos histéricos da criada, o eco das exclamações incrédulas provenientes da cozinha, os passos precipitados e os pedidos de socorro. Enfim, após um breve período de calma, soluços de pavor e passos cambaleantes de alguém que trazia um pesado fardo às costas encheram a casa.